# L'HOMME

# A DEUX TÊTES.

A HENRY , Imprimeur
rue Gît-le-Cœur, n. 8.

# L'HOMME
## A DEUX TÊTES,

OU

### HISTOIRE

DE

### FERNAND-CARLOS DE VARGAS.

———— ⚬✵✺✵⚬ ————

## QUATRIÈME PARTIE.

——

### CHAPITRE PREMIER.

> Par la puissance de sa mère,
> Une vapeur vaine et légère
> Se transforme en coursier blanc
> Qui le reçoit en bondissant.
>
> LEWIS, *le Roi de l'Eau.*

Retournons à Don Gusman que nous avons laissé à table avec la piquante Zerbine, dont la conversation

spirituelle et les manières vives et ori-
ginales animèrent le repas, et le ren-
dirent très gai. Don Gusman ne pouvait croire que cette femme fût une
simple diseuse de bonne aventure ;
quelque chose de gracieux et de dis-
tingué semblait révéler en elle les
habitudes sociales d'un rang élevé ;
puis tout-à-coup une gaîté vive, des
manières folâtres détruisaient le respect qu'elle venait d'inspirer ; cependant un coup d'œil fier et une attitude
imposante, arrêtaient soudain le désir qu'elle avait allumé, et faisaient
sentir que si son caprice était de plaire,
il lui suffisait de savoir qu'elle avait
plu. Cette créature inexplicable en-
flammait Don Gusman, sur lequel
toute femme jolie prenait aisément de
l'ascendant.

L'hôte, malgré sa mine dévote, avait
fait honneur au souper qui était fort
délicat, et il avait bu copieusement d'un
excellent vin de Xérès, que Don Gus-

man n'avait pas épargné non plus; s'il avait beaucoup bu et mangé, il avait peu parlé, se contentant d'écouter la conversation animée de Don Gusman et de Zerbine, et approuvant par un signe de tête, ou souriant sans perdre une bouchée; cependant, vers la fin du repas, redressant un peu ses épaules qui, par une courbe très-prononcée, portaient sa tête presque sur son assiette, et essuyant deux ou trois fois sa moustache, il promena sa langue sur ses lèvres et sur ses dents, toussa, et dit à Don Gusman: — Eh bien, seigneur cavalier, que dites-vous de la chère qu'on fait à l'ancre de miséricorde? — Elle est excellente, mon cher hôte, et la société qu'on y rencontre ferait trouver du charme au repas le plus frugal. — Vous n'en voulez donc pas au seigneur Manuel, de m'avoir envoyé sur vos pas, pour vous indiquer ma maison? c'est toujours chez moi qu'il loge, dans les différens voyages qu'il fait ici pour les affaires que vous savez.—Que je sais!... dit Gusman en éclatant de rire, tous ces braves gens là veulent que je sache quelque chose, et je suis le plus ignorant de tous les hommes, sur les choses qui les occupent ! ce que je suppose, mon cher hôte, c'est que vous êtes tous des espèces de conspirateurs assez maladroits, et que si les confédérés de Flandre, n'ont pas ici des correspondans plus habiles, ils auront de la peine à réussir dans leurs grands projets. — Seigneur Don Gusman, dit Zerbine, d'un ton sérieux, un vieux lièvre, en force souvent un jeune à courir à sa place, pour changer la piste et dérouter la meute. Un général, trompe l'ennemi par une fausse marche, on lance des brûlots avant l'arrivée d'une flotte. Tous les fous que vous avez vus aujourd'hui, sont des marionnettes que l'on fait jouer pour amuser les enfans : ne croyez pas que

( 5 )

les secrets du prince Maurice soient
entre leurs mains. — Gusman la regarda avec surprise. — Seigneur Don
Gusman, continua Zerbine d'un ton
élevé et d'une voix pleine de dignité :
beaucoup de bons esprits sont frappés
des abus qui les gouvernent, ennemis
des tributs qu'une autorité usurpée
lève sur les peuples crédules, éclairés
sur les subtiles absurdités, dont on a
chargé une religion sainte et sublime :
mais ce ne sont pas les bons esprits
qui commencent les révolutions. Un
moine turbulent a eu cet honneur (1),
son éloquence barbare a soulevé les
nations du nord, une rigueur fanati-
que, au lieu de calmer les esprits les
a irrités, l'incendie couve, il ne tar-
dera pas à éclater.

—Zerbine, dit Don Gusman, dont la
surprise augmentait : quel langage
me parlez-vous? comment une femme

_____

(1) Martin Luther.

est-elle instruite de semblable détails! comment allier cette gaieté folle, ce sourire enchanteur, avec ces idées de politique et de réformation ! Qui êtes-vous? au nom du ciel, dites-moi qui vous êtes! — Une femme un peu instruite, voilà tout, dit-elle avec indifférence : mais, ajouta-t-elle avec énergie, on veut ôter aux peuples des Pays-Bas leurs priviléges : on y a fait mourir sur l'échafaud des milliers de citoyens, ces peuples se révoltent, on verra bientôt se renouveler le spectacle que les Vénitiens ont donné au monde il y a plusieurs siècles. Un peuple fuyant la tyrannie, ne trouvant plus d'asile sur terre, ira le chercher sur les eaux : leurs premiers efforts n'ont pas été heureux, ils ont commencé par des défaites, ils finiront par des victoires. — Elle dit ces derniers mots d'un ton prophétique. — En vérité, charmante Sibylle, lui dit Don Gusman, vous êtes plus instruite que moi des secrets de la politique et des mystères des cabinets de l'Europe. Occupé de mes plaisirs, j'ai donné peu d'attention à ces évènemens, qui mettent les peuples en armes les uns contre les autres; aujourd'hui la théologie et la scolastique lèvent une tête altière, contre les puissances du monde; chimères pour chimères, j'en préfère de plus gaies. — Je vous l'ai dit: seigneur Don Gusman, ce ne sont pas les bons esprits qui commencent les révolutions: mais la semence est jetée, le germe se lève, et une noble culture fera éclore les doux fruits de la liberté! des siècles passeront encore avant son règne : il faut que les esprits soient mûrs pour la recevoir! cependant, j'aurais désiré qu'un homme comme vous, se trouvât dans les rangs des Adeptes de la philosophie.—Quand nous nous connaîtrons mieux, belle Zerbine, je vous développerai mes principes,

vous me ferez connaître les vôtres,
et nous verrons qui des deux conver-
tira l'autre ; mais je n'aurais jamais cru
qu'une connaissance qui commençait
d'une manière si gaie, pût prendre
une tournure si sérieuse. — La nuit
s'avance, dit Zerbine : nous avons
tous besoin de repos, vous sur-tout
dont la journée a été assez agitée, et qui
avez demain un voyage à faire.—Qu'en
savez vous, demanda Gusman ?—
Doutez-vous encore de ma science,
reprit Zerbine ? eh bien, je vais achever de vous instruire. Le château de
Vargas vous attend, vous en êtes
propriétaire ; une fortune considérable vous met en état de soutenir noblement le nom de Don Gusman de
Vargas. Je vous le dis sérieusement ;
ne soyez point incrédule, vous pouvez avoir demain la preuve de la vérité de ma prédiction. Bon soir mon
cavalier, dormez bien ; que des rêves
agréables vous bercent de leurs plus

douces illusions, vous en aurez demain la réalité, elle se leva, prit le bras de sa compagne, et quitta rapidement la salle.

Don Gusman la suivit des yeux, et se tournant vers l'hôte, je vous en conjure, lui dit-il, apprenez-moi quelle est cette femme mystérieuse.— Seigneur cavalier, répondit l'hôte, demandez-moi ce que c'est que la Sibylle de Delphes, la Pythonisse d'Endor, la fée Mélusine, et je vous en dirai plus que je ne puis le faire sur la segnora Zerbine; il y a trois jours qu'elle est arrivée ici, le même jour, je crois, que le capitaine Selder a paru dans le port; le seigneur Manuel que j'aime et que je respecte comme je le dois, l'a conduite lui-même dans ma maison, et voilà tout ce que j'en sais. Je ne suis point curieux, je ne me mêle point des secrets de mes hôtes, je veille à ce qu'il soient bien logés, bien servis, bien couchés, et je

vous souhaite le bonsoir ; il prit une
chandelle et sortit. Gusman se jeta
dans un fauteuil et resta quelques
momens plongé dans ses réflexions.
Il en fut tiré par Fabrice qui, debout
devant lui, une chandelle à la main,
lui dit : — Monsieur, vous dormirez
mieux dans votre lit que dans ce fauteuil. — Dormir! s'écria Don Gusman,
mes idées se heurtent, se confondent...
Cette femme, ses prédictions, sa grâce,
sa beauté, un château, une fortune...
Il y a de quoi devenir fou!—Eh bien,
Monsieur, le sommeil vous remettra,
répondit Fabrice, les yeux presque
fermés, et étouffant un baillement que
le respect avait beaucoup de peine à
comprimer. — Va te coucher, lui dit
Don Gusman. — Monsieur, vous vous
rendrez malade, et vous ne pourrez
pas jouir de votre nouvelle fortune et
de votre château. — Il faut obéir à ce
drôle là, dit Gusman en se levant, il
passa dans sa chambre à coucher, Fa-

bice le déshabilla, il se mit au lit, où,
au milieu de ses idées confuses, il
s'endormit bientôt. Fabrice jeta un
matelas devant la porte, pour préve-
nir toute surprise nocturne, et s'en-
veloppant d'une couverture, il s'y plaça
tout habillé, et ne tarda pas à ronfler
en homme qui ne s'inquiète pas du
lendemain. Les fatigues de la journée
influèrent tellement sur le sommeil de nos voyageurs, qu'ils ne
furent réveillés ni par les rayons du
soleil, ni par le bruit qui se fait dès le
matin dans une hôtellerie. Fabrice
sentant la porte s'agiter et pousser son
matelas, s'éveilla en sursaut et s'écria
qui va là! — Ami, répondit la voix
du soldat de Charles-Quint. Je viens
voir si vous êtes morts. — Morts! et
pourquoi donc morts, dit Fabrice, en
se tâtant avec frayeur? — Parbleu,
répondit Québrantador, il est près de
midi, et je m'étonne que l'appétit ne
vous ait pas éveillés: pour moi j'ai

déjà déjeuné deux fois avec d'honnêtes matelots qui voulaient à toute force m'engager dans la marine, mais Québrantador a fait sa profession de foi, la terre est son élément. — Vous vous êtes couché de bonne heure, lui répondit Fabrice, vous n'avez pas assisté comme moi à ce souper que l'Égyptienne a fait durer une partie de la nuit, et que j'aurais trouvé fort long, si je n'avais eu la précaution d'y faire honneur, en mangeant derrière la chaise de mon maître qui ne s'en est pas aperçu, car il n'avait d'yeux et d'oreilles que pour cette femelle du diable qui a sur lui des projets, si je ne me trompe. — A propos de l'Égyptienne, dit Québrantador, je viens de la voir monter sur une mule, ainsi que sa compagne, et Dieu merci elles sont parties. — O ciel ! s'écria Gusman en sautant à bas de son lit, elles sont parties ! Eh vîte, vîte, Fabrice, vas seller nos chevaux pen-

dant que je vais m'habiller , et courons
après elles. — Mais, Monsieur ! — Ne
réplique pas. — Fabrice sortit en
grommelant et disant entre ses dents;
la peste soit des femmes ! vous verrez
que nous allons partir sans déjeuner.
— Québrantador, dit Don Gusman ,
as-tu vu de quel côté elle a tourné ,
quel chemin elle a pris? et en disant
ces mots , il s'habillait à la hâte. — J'é-
tais sur la porte , répondit le soldat,
et je l'ai vu tourner du côté du port ,
et remonter vers le golfe de Cadix :
mais seigneur Don Gusman, quel intérêt prenez-vous à cette magicienne?
elle va sans doute au sabat, est-ce que
vous voulez l'y suivre ?

La toilette de D. Gusman était finie ,
il descendit sans répondre , paya l'hôte,
courut à l'écurie , et trouva Fabrice
en grande contestation avec le garçon.
Ah ! Monsieur , s'écria-t-il dès qu'il
aperçut son maître , vous nous avez
hier menés d'un tel train, que le pauvre

cheval que j'ai acheté à l'auberge où votre cousin m'a pris le mien, est plus d'à moitié mort ; il lui est impossible de faire un pas.—Achètes-en un autre ou restes ici ; pour moi, je pars. — Il n'y en a pas à vendre, excepté ce petit cheval gris, qui ressemble comme deux gouttes d'eau à celui de D. Manuel, et qui est sorcier, comme vous le savez, aussi ne le monterais-je pas pour tout l'or du monde. — Tu me suivras donc à pied, ou bien tu me rejoindras au château de Vargas, où j'espère bien être dans quelques jours.— Mon cher maître, ne m'abandonnez pas ! Depuis quelque temps je ne me reconnais plus : je suis assiégé de terreurs involontaires, et sans vous je me croirais perdu.

Don Gusman était déjà à cheval, ainsi que Québrantabor.—Fais comme tu voudras, dit-il à Fabrice, je suis pressé. Il piqua des deux en suivant la route que lui avait indiquée Québrantador. Le pauvre Fabrice, ne sachant à quel saint se vouer, prêt à perdre la tête en voyant son maître galoper, n'hésita plus, donna au garçon d'écurie le prix qu'il lui demandait, recommanda son cheval malade, et sauta sur le petit cheval gris, en fermant les yeux, comme un homme qui s'élancerait dans le plus grand danger, puis il courut après D. Gusman. Lorsqu'ils furent sortis de la ville, rien ne gênant plus la vue sur la route qui se prolongeait le long de la mer, et Gusman n'apercevant personne devant lui, demanda à Québrantador s'il y avait long-temps que Zerbine était partie. — Trois bonnes heures, répondit le soldat, et les mules allaient un bon pas ; ainsi elles peuvent avoir quatre lieues d'avance sur nous. — Quatre lieues d'avance ! s'écria D. Gusman ; oh ! c'est fini, je ne l'atteindrai pas ! Quelle route a-t-elle prise ? où porte-t-elle ses pas ?

— Mais, mon cher maître, dit Fabrice, quel intérêt si grand avez-vous
à suivre cette sorcière ? Je ne sais si
je me trompe ; mais elle a des projets
sur vous. — Des projets sur moi, et
elle me fuit ! Tu vois bien que tu dé-
raisonnes. — Elle fuit, répéta tout
bas Fabrice ; elle fuit, pour que l'on
coure après elle. Comment un homme
d'esprit comme mon maître et comme
beaucoup d'autres, ne devine-t-il pas
le manége de ces coquettes ? Il est ma
foi bien plus adroit de fuir pour cacher
son jeu ; mais elle se laissera attra-
per, ou je ne m'y connais pas. Nous
allons la trouver sur quelque rocher,
dans quelque bouquet d'arbres, ou
au détour de quelque chemin. Elle est
peut-être dans ce moment invisible
auprès de nous, et elle rit de notre
simplicité qui nous fait suivre sa piste,
tandis qu'elle suit la nôtre. Oui, elle
rit... Au même instant Fabrice crut
entendre un éclat de rire nazillard

qui le tira de sa rêverie. Qui est - ce
qui rit ainsi? dit-il effrayé. — Eh!
parbleu, lui répondit Québrantador,
c'est votre cheval. (On sait que le hen-
nissement d'un cheval a quelquefois
tous les caractères d'un rire humain.)
— Quoi! c'est ce petit sorcier qui se
moque de moi? dit Fabrice. Il s'en-
tend avec elle, c'est sûr. A la mal-
heure ai-je pris une semblable monture : Dieu sait où elle me conduira.
Ce n'est pas la première fois qu'on a
vu des chevaux sorciers, et j'en ai
entendu raconter des histoires ef-
frayantes. — Moi aussi, répartit Québrantador, depuis la jument Borach,
qui était celle de Mahomet, jusqu'au
grand cheval noir qui disait : *les morts
vont vite*, et qui emporta dans l'enfer
la pauvre fiancée du chevalier Ro-
ger (1). — Cela fait frémir, dit Fa-

(1) Voyez la ballade de Goëthe. Mad. de
Staël en parle dans *l'Allemagne*, tome 2,

I *

brice ; et si je vous contais l'histoire du cheval de l'Apocalypse , avec l'écolier Inigo, vous voudriez aller à pied toute votre vie. — Contez donc , dit Québrantador; cela nous désennuira en route. — Je ne sais si j'en aurai la force , répondit Fabrice : j'ai l'estomac creux , tandis que vous avez déjeûné deux fois. — Contez toujours : le seigneur D. Gusman ne s'occupe que de son Égyptienne , et ne fait pas plus attention à nous que s'il voyageait tout seul. — Ecoutez donc , dit Fabrice ; et il conta l'histoire suivante (1).

_____

(1) J'ai tâché de conserver à cette vieille histoire la naïveté de style qui convient au sujet, et je prie le lecteur de faire attention que Fabrice la raconte à peu près comme il l'a entendue, et comme se conservent toutes les traditions de villages.

## HISTOIRE DE L'ÉCOLIER INIGO.

« Sous le règne d'Alfonse - le-
» Chaste (1), roi des Asturies, un
» jeune garçon, qui étudiait aux éco-
» les publiques d'Oviédo, s'endormit
» un soir dans la classe, si bien que
» les écoliers et le professeur sortirent
» sans s'apercevoir qu'ils le laissaient
» endormi sur son banc. Ce jeune gar-
» çon s'appelait Inigo ; il était fils d'un
» riche laboureur, qui le faisait étu-
» dier pour le faire moine, afin de
» laisser tout son bien à l'aîné, à qui
» il voulait acheter une charge à la
» cour, pour le faire noble lui et sa pos-

(1) Il eut ce surnom, parce que, par une
bizarrerie qui tenait sans doute à quelque dévotion mal entendue, il n'usa pas avec sa
femme Berthe des droits du mariage. Du reste
ce fut un prince brave, et qui remporta plusieurs victoires sur les Musulmans. Il fut lié
d'une étroite amitié avec Charlemagne.

» térité; mais Inigo n'avait pas de vo-
» cation pour l'état ecclésiastique. Or,
» quand il se réveilla, et qu'il se vit tout
» seul dans cette grande classe obs-
» cure, il commença d'avoir peur. Il
» voulut appeler, mais la voix lui man-
» qua. Cependant, il y avait une lampe
» de fer suspendue au plancher, qui
» jetait çà et là un peu de clarté. Inigo
» voyant qu'elle était prête à s'étein-
» dre, mit un banc sur une table, et
» monta dessus pour arranger la
» mèche, ce qui raviva la clarté, dont
» il fut bien aise, et commença à se
» rassurer. Il décrocha la lampe, et
» se mit à fureter dans la classe, dont
» il ne put sortir, parce que la porte
» était fermée à double tour. En fu-
» retant ainsi, il vint à la chaire du
» professeur, et monta dedans. Il y
» vit plusieurs livres et des parche-
» mins (1), entr'autres un gros livre

--------

(1) Le papier de chiffon n'était pas encore
découvert à cette époque.

» couvert en noir, avec des fermoirs
» de cuivre. Il l'ouvrit par curiosité,
» et à l'endroit où il l'avait ouvert, il
» vit une image qui représentait un
grand cheval blanc très - maigre,
» avec la mort qui était à cheval des-
» sus. Cela lui fit peur, car il prit cela
» pour un présage, et, en effet, c'en
» était un. Le livre noir qu'il avait
» ouvert, était l'Apocalyse, et à l'en-
» droit où il l'avait ouvert, un mor-
» ceau de parchemin servait de si-
» gnet, sur lequel il lut ces mots :
» *Cette semaine, de gré ou de force,*
» *il faut qu'Inigo prenne l'habit de*
» *novice.* Qui est-ce qui fut surpris ?
» ce fut l'écolier. Il lui prit un trem-
» blement, en sorte que, quand il fer-
» ma le livre, et qu'il voulut le re-
» placer, il poussa, par mégarde, la
» lampe, qui s'éteignit, et il se trouva
» dans l'obscurité la plus profonde.
» N'osant bouger, il resta dans la
» chaire, où il lui prit un engourdis-

» sement comme un sommeil; mais il
» ne dormait pas, et il eut des visions
» où il voyait toujours le cheval blanc,
» avec la mort à califourchon dessus,
» qui dansait autour de lui. Cela était
» accompagné d'un bourdonnement
» dans les oreilles, et de petites étin-
» celles rouges, qui paraissaient de-
» vant ses yeux. Il resta comme cela
» jusqu'au matin; et quand le ba-
» layeur vint pour balayer la classe,
» il fut bien étonné de trouver Inigo
» évanoui dans la chaire du maître.
» Inigo le pria de n'en rien dire; il
» lui donna quelque argent pour le
» rendre discret, et il n'eut d'autre pen-
» sée que de s'enfuir au plus vite, ne
» voulant pas être moine. Il courut
» chez un maquignon de la ville, car il
» y avait déjà des maquignons dans ce
» temps-là, et il lui demanda s'il avait
» un cheval à lui vendre, mais qu'il
» ne fût pas cher, parce qu'il n'avait
» pas beaucoup d'argent. Le maqui-

» gnon lui demanda combien il vou-
» lait y mettre : Inigo lui répondit
» qu'il n'avait que trois sous ; mais ,
» dans ce temps-là , les sous valaient
» beaucoup plus que les écus ne valent
» à présent. Cependant, le maqui-
» gnon lui dit : Un cheval pour trois
» sous ! Vous voulez donc acheter le
» cheval de l'Apocalypse? Ces mots
» firent grande frayeur à Inigo , qui
» lui dit tout en tremblant : *Oui* , et
» qui lui mit dans la main les trois
» sous d'argent. Le maquignon tira
» un rideau de toile, comme il y en a
» dans les écuries , et lui montra un
» grand cheval blanc bien maigre , et
» qui boitait; mais la mort n'était pas
» dessus , et c'est la réflexion que fit
» Inigo ; il dit tout haut : *La mort n'est*
» *pas dessus*. Montez-y, dit le maqui-
» gnon. Inigo y monta machinale-
» ment, ne songeant qu'à s'enfuir; et
» le maquignon donna un coup de
» fouet à travers les jambes du che-

» val, qui, tout en boitant, se mit à
» courir. Comme il n'avait ni mors,
» ni bride, Inigo ne pouvait le diri-
» ger; d'ailleurs il n'était pas bon ca-
» valier, n'ayant été à cheval que sur
» les bancs de l'école ; il se tenait
» donc aux crins du cheval, et lui
» serrait les flancs de toutes ses forces ;
» mais voilà que le cheval se met à
» courir vers le couvent qu'Inigo avait
» tant à cœur d'éviter. Le pauvre
» écolier avait beau lui tirer les crins
» pour le faire retourner, le cheval
» suivait sa route, et il arriva ainsi
» au cimetière qui était ouvert, car
» on venait d'y creuser une fosse
» toute fraîche : la terre, nouvelle-
» ment remuée, arrêta les jambes du
» cheval, qui tomba avec son cava-
» lier. Le pauvre Inigo se trouva au
» fond de la fosse, et le cheval par-
» dessus. Il s'évanouit de frayeur,
» mais il ne perdit connaissance qu'à
» moitié, et il était comme enchanté,

» pouvant voir et entendre, et ne pou-
» vant remuer. Dans ce moment, les
» moines portant croix et cierges, ar-
» rivèrent en chantant *de profundis*,
» et furent bien surpris quand ils
» virent un cheval couché sur la fosse,
» et qu'ils entendirent des gémisse-
» mens humains. Inigo entendant le
» *de profundis* et ne voyant plus le
» jour, parce que le cheval bouchait
»  ermétiquement l'ouverture de la
» fosse , crut vraiment qu'il était
» mort; cependant, retrouvant un peu
» de voix , il dit d'un ton dolent : *Mi-*
» *serere mei.* Les moines , entendant
» cette voix , crurent qu'elle venait
» d'une âme en peine, et que le che-
» val était un démon, ce qui était
» bien possible. Le prieur commença
» à jeter de l'eau bénite et à faire des
» exorcismes; puis il dit : Ame piteuse,
» as-tu besoin de prières pour te ti-
« rer du purgatoire ? Oui , dit Inigo;
» tirez-moi d'ici, car je souffre cruel-

T. IV.                                2

» lement, et le cheval de l'Apoca-
» lypse m'étouffe. Tous les moines
» tremblaient de peur à ces mots ;
» mais le prieur, qui était un homme
» courageux et en odeur de sainteté ,
» ordonna à plusieurs frères de rele-
» ver le cheval, et de regarder dans
» la fosse , ce qu'ils firent ; et ils fu-
» rent bien surpris d'y voir Inigo
» avec sa robe d'écolier. Ils le reti-
» rèrent, et le prieur lui demanda ce
» qu'il faisait là. Il raconta toute son
» histoire, et le projet qu'il avait de
» fuir pour ne pas être moine ; mais
» il ajouta qu'il voyait bien la volonté
» du ciel par cet évènement. Le prieur
» cria au miracle ; Inigo fut conduit
» en procession au couvent, et revêtu
» sur-le-champ de l'habit de novice :
» mais une grande fièvre le prit, et
» au bout de treize jours, il mourut.
» Alors, comme on le portait en
» terre, ne vit-on pas le cheval blanc
» qui paissait dans le cimetière, et

» qui se mit à hennir trois fois en
» voyant arriver le convoi! Ce cheval
» fut gardé dans le couvent, où il ser-
» vit aux bons pères pour aller à la
» provision, et il garda le nom de
« *cheval de l'Apocalypse.* »

Don Gusman, qui avait écouté, sans le faire paraître, cette merveilleuse histoire, partit d'un grand éclat de rire, et demanda à Fabrice où il avait lu ce conte extraordinaire. Fabrice, un peu déconcerté par la gaîté de son maître, lui dit cependant que ce n'était point un conte, et qu'il avait vu lui-même dans le cloître des religieux d'Oviédo, un tableau à plusieurs compartimens, représentant toute l'his-toire, avec cette inscription : *Puni-tion d'un écolier qui avait désobéi à Dieu, en refusant d'entrer dans ce saint ordre monastique.*

— Parbleu, lui dit don Gusman, on a bien raison de composer des contes absurdes, puisqu'on trouve des imbécilles qui veulent bien les croire. — Mais mon cher maître, je vous assure que j'ai vu le tableau. — J'en suis persuadé : je veux bien croire même que le fonds de cette histoire est vrai; mais je l'explique tout naturellement. Il est très-possible qu'un écolier se soit endormi aux longs et ennuyeux discours d'un pédagogue encapuchonné; encore plus possible que la solitude et l'obscurité ayent effrayé sa jeune tête. Le hasard lui a fait trouver une lettre que son père écrivait aux moines, cette lettre était dans le livre de l'Apocalypse, au chapitre du cheval de la mort; Qui sait si on ne l'avait pas mise exprès à ce passage? Enfin l'écolier veut s'enfuir; il n'est pas étonnant que, pour une somme très-modique, on lui donne un très-mauvais cheval, et que ce cheval mal nourri, coure au cimetière où il allait d'habitude paître de l'herbe fraîche; une fosse nouvelle fait tom-

ber le cheval et le cavalier; la frayeur,
la chute, peut-être une blessure inté-
rieure, donnent la fièvre au jeune
homme, son imagination était frappée,
il meurt : cela est très-naturel. Le
cheval paissait dans le cimetière,
les moines s'en emparent, cela est
tout-à-fait dans leurs principes. Ils
ont profité de cette aventure pour
effrayer les âmes faibles, et ils la font
regarder comme une punition céleste
de ce que le jeune écolier n'avait pas
voulu se faire moine, cela est encore
parfaitement dans l'esprit monastique.
Au reste, je ne te croyais pas le talent
de la narration à ce degré; tu as mis
dans ton récit toute la naïveté qui
convenait au sujet, tu ne l'as point
surchargé d'ornemens étrangers ni
de digressions fatigantes : tu n'as
point détourné l'attention de l'audi-
teur par des lieux communs déclama-
toires, ce qui est un défaut fort à
la mode aujourd'hui. Quand tu t'es

permis une réflexion, elle était judi-
cieuse, comme quand tu as dit : *l'écolier courut chez un maquignon, car
il y avait déjà des maquignons dans
ce temps-là.* Voilà un de ces traits qui
décèlent l'observateur profond. *Il
y avait déjà des maquignons* ! cela
veut dire, on trompait déjà les ache-
teurs; le mal est plus ancien qu'on ne
pense : la bonne foi, la candeur ont
eu un règne bien court, puisqu'il y
avait déjà des maquignons du temps
du roi Alphonse le chaste! Il y a eu dans
ton récit beaucoup d'autres traits qui
m'ont frappé, comme celui-ci : *il
donna de l'argent au balayeur pour le
rendre discret* : cela dénote une profonde connaissance du cœur humain.
la discrétion ne s'achète qu'à prix d'argent! J'aime aussi beaucoup ta con-
clusion : *le cheval fut gardé par les
bons pères , et il leur servit pour aller
à la provision.* Que de choses dans ce
peu de mots! Les moines sont gens de

précaution, rien n'est perdu avec eux:
mais ce qui couronne le récit, ce qui
est admirable, ce sont ces mots, il
garda le nom de *Cheval de l'Apoca-*
*lypse*! Ce nom perpétue la mémoire
de l'évènement, il a quelque chose de
mystérieux, et c'est peut-être de là que
nous est venue l'expression prover-
biale et populaire qui appelle cheval de
l'Apocalypse un grand cheval maigre et
décharné, une haridelle, enfin ce que
nous appelons un *rossinante* depuis
que nous avons lu les premiers vo-
lumes de l'admirable don Quichotte
de Michel Cervantes. Fabrice ne savait
trop s'il devait croire aux complimens
de son maître, ou s'ils étaient ironiques:
car l'amour-propre d'auteur aveugle
tout le monde. En causant ainsi, nos
voyageurs avaient fait quelques lieues,
et ils étaient près d'un petit hameau
situé sur le bord de la mer. Tout-à-
coup le petit cheval gris qui portait
Fabrice, s'arrête, se met à hennir, et

veut tourner vers les cabanes; en vain Fabrice le presse de l'éperon, lui tient la bride haute, le cheval refuse de marcher, et frappe la terre du pied. Oh! alors toutes les frayeurs de Fabrice se renouvelèrent. Monsieur, s'écria-t-il, seigneur don Gusman, à mon secours! Don Gusman qui allait toujours, entendant ses cris, s'arrête et se retourne, il le voit luttant avec son cheval qui finit par se cabrer, jetter son cavalier par terre, et qui, se sentant libre, courut vers le hameau, et s'arrêtant à la porte d'une cabane, y frappa du pied comme s'il eût voulu se la faire ouvrir. Don Gusman ne put se défendre d'un mouvement de curiosité, et retournant sur ses pas, il dirigea son cheval vers la cabane à la porte de laquelle s'était arrêté le petit cheval gris. La porte s'ouvre, et Manuel paraît, aussi étonné de se trouver vis-à-vis de Gusman, que celui-ci de le rencontrer dans un pareil endroit. — Vous ici Manuel ? — Vous ici don Gusman ? — Je vous croyais en pleine mer. — Je vous croyais dans votre château. — Dans mon château ! la prédiction serait-elle vraie ? — Quoi, vous vous faites faire des prédictions ?—Je les écoute, quitte à n'y croire qu'après l'évènement : mais si je m'en rapporte à ce que vous me dites, la prophétesse n'a point menti. Au surplus, vous la connaissez, et puisque je vous rencontre ici, il faut que vous me donniez des éclaircisse- mens sur son compte. En disant ces mots, il sauta en bas de son cheval, et se disposa à entrer dans la chaumière. — Il est donc dans la destinée d'An- géla, dit alors Manuel, d'être persécu- tée par tous les mauvais sujets de l'Espagne. Les vagues écumantes, les dunes désertes, les temples du sei- gneur, la cabane des pauvres pê- cheurs, ne pourront pas lui servir d'abri contre les entreprises' des *ca-*

*valleros enamorados.* Entrez donc, étourdi ; chevalier aux grandes aventures : mais songez que je vous surveille. Don Gusman laissa son cheval entre les mains de Fabrice, qui se frottait le dos et les reins en regardant de travers sa malicieuse monture. Le petit cheval gris caressait Manuel comme un chien qui retrouve son maître. celui-ci indiqua du geste à Fabrice et à Québrantador une espèce de hutte couverte en joncs marins, qui pouvait servir d'abri pour eux et leurs chevaux. Ils y allèrent, et le petit cheval gris les suivit en tournant la tête de temps en temps du côté de Manuel.

## CHAPITRE II.

Le pauvre pêcheur abrite sans peine
sa frêle nacelle dans le port, tandis que,
sous ses yeux, le puissant navire est sub
mergé par la tempête.

SCHILLER, *la Mort de Wallenstein.*

D. Gusman entra dans la chaumière
avec précipitation : quatre femmes
étaient assises autour du foyer sur
des escabeaux de bois : leurs vêtemens contrastaient avec les habits
grossiers de la femme du pêcheur
qui, assise dans un coin de la cabane,
raccommodait tranquillement un filet.
Tous les yeux se portèrent sur le
nouveau venu qui s'arrêta surpris de
trouver, dans cet endroit sauvage,
une si nombreuse compagnie, et dont
l'étonnement redoubla, quand il vit
réunies Angéla et sa mère, Zerbine

et sa compagne. Il resta muet, et, se retournant vers Manuel, il l'interrogea des yeux. — Vous voilà bien embarrassé, lui dit le malin vieillard : vous trouvez ici plus que vous ne cherchiez. — J'y trouve, dit Gusman, des personnes très-aimables, et auxquelles je ne suis pas étranger : oserais-je leur demander la grâce de m'admettre auprès d'elles : j'espère ne pas être indigne de leur société. — La mère d'Angéla lui répondit : seigneur cavalier, vous seriez bien reçu par-tout, quand même vous ne seriez pas présenté par notre meilleur ami; mais nous ne sommes ici que des voyageuses, et nous n'avons aucun droit sur cette maison, dont voici la propriétaire. Elle lui montra la pêcheuse qui dit à son tour : — Eh bon Dieu ! je ne suis pas accoutumée à recevoir, dans ma pauvre cabane, des personnes de votre importance. Je me félicite d'avoir pu vous y offrir un abri ; mais quand mon mari et mes enfans vont revenir de la pêche, je ne sais pas trop où je vous mettrai. Cet homme aura besoin du feu pour sécher ses habits, de l'escabeau pour se reposer, des parois de la cabane pour y suspendre ses filets ; et mon Francesco aime ses aises, il ne céderait pas cette couchette que vous voyez, à l'Infant d'Espagne lui-même. Dame ! Il est en mer depuis quatre heures du matin. C'est un métier périlleux et fatigant que le sien : il faut bien qu'il se repose pour recommencer demain. — D'ici à son retour, dit Manuel, j'espère que chacun de nous aura pris une détermination, et que nous serons tous en route : mais il ne me faut pas plus de deux heures pour recevoir les nouvelles que j'attends ; et j'espère que nous pouvons passer ce temps dans votre maison, sans vous gêner. — Votre présence ne me gêne nullement, reprit la pêcheuse ;

elle me fait honneur, et je regrette de n'être pas en état de vous mieux recevoir : mais que voulez-vous ? Voilà toute notre richesse, tout ce que nous possédons sur la terre ; cette cabane, des filets et une barque. Quand la pêche va bien, nous ne nous plaignons pas. Mes deux enfans aident leur père, pendant que j'ai soin du ménage, que je raccommode les filets, et que je fais nos habits : mais il y a des saisons rudes à passer.

Gusman s'approchant d'elle, lui mit dans la main une pièce d'or ; en lui disant tout bas : Tenez, bonne femme, voilà pour payer votre hospitalité. — Est-ce que vous plaisantez, monseigneur, dit tout haut la femme en lui rendant la pièce d'or : je n'accepte point l'argent que je n'ai pas gagné. Nous sommes pauvres ; mais nous ne demandons ni n'acceptons l'aumône. — Et moi, dit Gusman, en insistant, je ne reçois aucun ser-

vice, sans en témoigner ma reconais-
sance : je ne vous offre point ceci à
titre d'aumône, c'est un léger cadeau
que je vous prie d'accepter pour vos
enfans. Il se retourna sans attendre de
réponse, et aborda les dames avec la
grâce qui lui était naturelle, quoiqu'il se trouvât assez embarrassé de
sa personne. En effet, l'aspect d'Angéla venait de renouveler en lui l'impression que lui avait faite, dès la première vue, cette charmante personne,
et il la trouvait à côté de la piquante
Zerbine à laquelle il avait fait la veille
une déclaration d'amour. La jolie
Égyptienne le regardait d'un œil
malin, et avec un sourire expressif.
Son silence voulait dire bien des
choses que Gusman interprétait sans
peine. Ce fut à elle qu'il adressa la
parole. — Tout le monde me fuit, dit-
il à Zerbine : j'aurais quelque droit
de m'en plaindre ; car je ne pense

avoir rien fait qui puisse me mériter la haine des dames , ou leur inspirer de l'effroi. — Est-ce donc vous fuir, répondit Zerbine , que de vous précéder où vous deviez venir ? — Comment pouviez - vous savoir , reprit don Gusman , ce que j'ignorais moi-même ! — Eh quoi ! dit en riant Zerbine : vous êtes encore incrédule ? Je vous croyais plus de confiance dans mon art !

Don Gusman sentit renaître tout l'ascendant que Zerbine avait pris sur lui : il s'enflamma de nouveau pour elle ; mais un coup d'œil qu'il jeta sur Angéla , lui fit éprouver une sensation toute différente : c'était une émotion douce et calme, un charme pur qui semblait dégager l'âme de ses liens terrestres, et qui formait le plus grand contraste avec la vivacité des désirs que faisait naître le séduisant enjouement de Zerbine. Il cherchait en vain des paroles pour Angéla, elles expiraient toutes sur ses lèvres.

Manuel, qui avait des raisons puissantes pour s'absenter, voyant don Gusman sous l'influence de Zerbine, crut pouvoir s'éloigner sans danger pour Angéla. Il promit d'être de retour dans deux heures, fit un signe d'intelligence à l'Égyptienne, et sortit précipitamment. Don Gusman se croyant fort de l'absence de Manuel, s'adressa enfin à Angéla. — Je ne vous avais vue qu'un instant, lui dit-il ; mais un instant suffit pour que l'on s'intéresse à vous ! — J'en suis caution, interrompit Zerbine ; et j'ai la preuve qu'un instant suffit au seigneur don Gusman pour prendre aux dames le plus vif intérêt. — Toutes ne l'inspirent pas au même degré, répondit Gusman piqué de cette apostrophe. — Eh ! bon dieu, reprit Zerbine sans se déconcerter, les charmes qui vous séduisent appartiennent souvent bien moins à la réalité qu'à votre imagination. — Vous voudriez nous faire croire à une trop grande modestie de votre part, dit alors Gusman avec un peu d'humeur. — Ce n'est pas le défaut des femmes, répondit Zerbine. Nous nous connaissons toutes mieux que l'on ne nous connaît. On nous prête souvent des qualités que nous n'avons pas, et on nous refuse celles que nous possédons.—Vous savez trop bien profiter de vos avantages, pour avoir une semblable crainte, lui dit un peu sèchement don Gusman qui commençait à s'impatienter, en voyant Zerbine s'emparer exclusivement de la conversation. Les talens sont mis en œuvre par vous, comme les diamans par un lapidaire habile. Vous savez briller de tout l'éclat des vôtres, tandis que d'autres personnes laissent deviner les leurs. — Fort bien, dit Zerbine : mais tout le monde n'a pas le droit d'exploiter les mines de diamans, ni l'habileté de les deviner sous leur grossière enveloppe.

Gusman vit bien que s'il répondait, la discussion ne finirait pas, et sans deviner la véritable intention de Zerbine, qu'il croyait animée d'un peu de jalousie, il s'adressa de nouveau à Angéla, et lui demanda si elle se rappelait l'avoir vu au château de Vargas. — J'étais tellement émue, répondit Angéla d'une voix douce, que je n'y ai vu les objets que comme à travers un voile, et que j'en ai gardé à peine un souvenir confus. Plusieur personnes m'ont donné des soins, apporté des secours, j'en suis reconnaissante : mais je ne crois pas, seigneur cavalier, vous avoir remarqué dans ce moment. Une autre figure m'avait frappée : un autre son de voix était imprimé dans mon souvenir ; et cependant cette figure et ce son de

voix, n'ont laissé dans mon âme qu'une
trace fugitive comme celle d'un songe.
D. Gusman fut aussi piqué de l'indifférence d'Angéla, qu'il avait été con-
trarié des agaceries de Zerbine. Il se
tourna vers celle-ci, et il allait lui
adresser la parole, lorsqu'il la vit se
pincer les lèvres, et réprimer un ris
ironique qui perçait malgré elle sur
toute sa physionomie. Gusman, quoiqu'il ne fut point fat, n'en était pas
moins un peu avantageux, ce qu'il
devait aux conquêtes faciles qu'il avait
faites jusqu'alors. Un peu de dépit
s'empara de lui ; il trouva son rôle
ridicule ou du moins embarrassant,
et saluant les dames en silence, il sortit de la cabane, et porta ses pas vers
les bords de la mer, pour calmer les
idées confuses qui s'entre-choquaient
dans sa tête, et réfléchir sur les évènemens divers et singuliers qui s'é-
taient succédés en si peu de temps. Il
cherchait à se rendre compte de ses

sentimens, et ne trouvait qu'un conflit tumultueux de sensations vagues,
et des désirs sans but déterminé. Le
rapprochement d'Angéla et de Zerbine, détruisait toutes ses combinai-
sons ; l'une lui paraissait mériter le
culte pur des anges ; l'autre, semblait exercer sur lui le pouvoir d'un
esprit malin. Il s'assit sur une roche
dont la cîme se courbait sur les flots,
et regardant la mer agitée qui roulait
sous ses pieds; il s'abandonna à ces
rêveries sans objet qu'inspirent ordi-
nairement la vue et le bruit de la mer.
Là, les pensées se succèdent sans suite
et sans liaison; elles s'accumulent les
unes sur les autres, comme les vagues qui semblent prêtes à former
une montagne d'eau, et qui s'affais-
sent en ne laissant à leur place qu'un
peu d'écume blanchâtre qui disparaît
à son tour. Dans cette situation d'esprit, les heures et les minutes se confondent : le temps n'a plus de mesure,

et l'existence est comme suspendue.
D. Gusman resta quelque temps ainsi,
lorsque le mouvement léger d'une
voile agitée par le vent, interrompit
le bruit monotone des flots. Une nacelle glissa doucement au dessous de
lui. Une créature aérienne y semblait balancée par les vagues, et
poussée par les vents, sans songer à
diriger cette barque fragile. Elle y
était couchée à demi, la tête appuyée
sur sa main, et son voile transparent,
couleur d'azur, semé de quelques
étoiles d'or, voltigeait autour de sa
tête.

Don Gusman regardait avec intérêt cette espèce d'apparition, lorsqu'une voix mélodieuse, dont les sons
emportés par les vents, semblaient
ceux d'une harpe éolienne, vint frapper son oreille surprise d'un charme
dont il avait déjà éprouvé la puissance.
Le chant mélancolique de cette espèce
de barcarole avait quelque chose de

doux et de plaintif, et le mouvement en paraissait marqué par le balancement de la nacelle. D. Gusman ne put méconnaître Zerbine, et il entendit les paroles suivantes.

## BARCAROLE DE ZERBINE.

Balancé sur le sein de l'onde
Ce canot qu'emportent les flots,
Me retrace l'homme en ce monde,
Où jamais il n'a de repos,

Il descend au fond de l'abîme,
Au sein des airs il est porté :
Tour à tour jouet et victime
De cet élément indompté !

Balancé , etc.

Un calme perfide l'arrête,
Sa voile implore un vent heureux,
Le vent s'élève , et la tempête
Le jette sur des rocs affreux !

Balancé , etc.

Comme ma fragile nacelle,
Bravant les orages du sort,
J'irai, me jouant avec elle,
Entre les écueils et le port.
Balancé , etc.

Les trésors qui sont sur la rive
Quelquefois séduisent mes yeux :
Mais dans sa course fugitive
Ma barque m'entraîne loin d'eux.

Balancé , etc.

———

Je vois ces heureux que l'on vante ,
Dormir au sein des voluptés ,
Et par la fortune inconstante
Hors de son séjour rejétés !

Balancé , etc.

———

Sur les eaux comme sur la terre
Le hazard nous guide souvent :
Vogue donc , nacelle légère ,
Au gré de la vague et du vent.

Balancé , sur le sein de l'onde
Ce canot qu'emportent les flots ,
Me retrace l'homme en ce monde
Où jamais il n'a de repos (1).

Le vent soufflait à peine, et la
voile désenflée tombait sur son mât.
La nacelle bercée par le flux et reflux

———

(1) La musique de cette Barcarole , et
celle de la Romance, pour piano et guittare, se
trouvent chez M. *Meissonnier*, boulevard
Montmartre , n. 25, près le passage des Pano-
ramas.

était comme arrêtée sous le rocher d'où Gusman écoutait les accens mélodieux de la syrène. Lorsqu'elle se tut, il descendit aussitôt jusque sur le bord de la mer. Zerbine tourna nonchalemment la tête, et lui dit, sans témoigner de surprise : vous étiez-là don Gusman : vous avez daigné vous arrêter à m'écouter? Je croyais que des pensées plus puissantes vous occupaient, et que Zerbine, trop heureuse d'avoir fixé un moment votre attention, devait borner ses vœux à ce tribut passager que tout homme un peu galant ne peut refuser à une femme, pour les talens même les plus frivoles.—Ah! Zerbine, quelle fausse modestie! s'écria don Gusman, vous me l'avez dit, les femmes se connaissent mieux qu'on ne les connaît, et plus que toute autre, vous devez savoir vous apprécier.—Fort bien, répondit Zerbine : mais qui nous assurera que l'on nous apprécie ce que nous valons ? — Vous avez mauvaise opinion de moi. — Non, mais il faut l'avouer, les hommes ne portent sur nous que des jugemens intéressés. Les objets les plus attrayans sont pour eux comme les richesses qui n'ont de valeur que quand on les possède. — Ou quand on les désire, reprit Gusman. — Le vent s'élève, continua Zerbine, il enfle ma voile, il va m'éloigner du rivage et finir notre discussion. — Elle m'intéresse trop pour l'interrompre sitôt, répondit Gusman en s'élançant dans la nacelle qui s'éloigna rapidement du rivage. — Eh! quoi, s'écria Zerbine, vous vous confiez à cette frêle embarcation, sans savoir si ma main est assez forte et assez habile pour diriger le gouvernail et manœuvrer la voile, vous livrez votre vie avec tant d'indifférence à une planche légère et à la faible main d'une femme; est-ce ainsi que vous vous êtes toujours livré au torrent de vos passions?—J'avoue, répondit Gus-

man, que j'ai rarement réfléchi; que
le péril m'a rarement détourné de
mes entreprises : mais ici, je ne cours
pas plus de dangers que vous. — Eh !
qui vous a dit que je n'en cours point?
répondit Zerbine d'une voix mélancolique. Qui vous assure que je n'ai
point livré à ce léger esquif, et à cette
mer mugissante, une existence qui
me fatigue, où un avenir désenchanté?
Ne pourrais-je, nouvelle Sapho, chercher dans les flots voisins d'une autre
Leucade, le remède à quelque passion naissante payée par l'indifférence
ou le mépris? — Eh bien, dit Gusman,
je serais venu pour vous porter des
secours contre vous-même, et pour
vous préserver d'un attentat qui cau-
serait tant de regrets ! — Eh qui me
regretterait? dit Zerbine, avec un
accent douloureux. Qui peut, dans le
monde, s'intéresser au sort d'une femme errante, dont la naissance fut malheureuse, dont l'enfance fut couverte

d'un voile obscur, dont la jeunesse s'écoule dans l'apparence des plaisirs, et au sein d'une tristesse secrète ! — Quoi ! dit Gusman étonné : cette gaîté apparente.... — Elle n'existe pas dans mon cœur, répondit Zerbine. — Ces arts que vous cultivez avec tant de succès? — Ils servent à m'étourdir, à me distraire. — Est-ce que vous n'en êtes pas enthousiaste? — L'enthousiasme ne peut pas marcher près de l'expérience. — Si jeune, vous parlez d'un fruit que la vieillesse seule peut mûrir. — L'expérience n'est pas fille de la vieillesse, mais de la réflexion.— Comment ! ce joli front renfermerait des pensées aussi sérieuses! — Des écorces brillantes renferment des amandes pleines d'amertume. — Et ces yeux si vifs! — Souvent leur éclat a été terni par des larmes. — Zerbine, vous excitez en moi le plus puissant intérêt. — Dites la plus grande curiosité. — Pourquoi donner à mes sen-

timens une interprétation défavora-
ble ? — Pourquoi les hommes revé-
tent-t-ils d'un coloris trompeur leurs
pensées les moins irréprochables ? Un
moment de silence succéda à cette
conversation : don Gusman le rompit
bientôt; Zerbine, dit-il, nommez intérêt, ou curiosité, le sentiment que
m'ont inspiré vos discours, il n'en est
pas moins vrai que je donnerais tout
au monde pour pénétrer le mystère
qui vous enveloppe : et que s'il faut
mettre un prix à votre confiance, je
ne croirais pas trop la payer en vous
offrant tout ce qui dépend de moi
pour assurer votre bonheur. — Le
bonheur! reprit Zerbine, chacun a le
sien en soi-même : on s'abuse quand
on le cherche au dehors.

Mais cessons de nous occuper de moi;
parlons de cette Angéla, qui vous a
fait connaître l'amour véritable, qui
vient d'apprendre à votre cœur volage ce que c'était qu'un sentiment

pur et fait pour durer jusqu'à la fin de
vos jours ; l'innocence et la candeur
peuvent seules inspirer ces inclina-
tions calmes et durables qui promet-
tent un bonheur sans mélange, exempt
de troubles, d'orages et de toutes ces
piquantes vicissitudes qui prêtent
tant de charmes aux premières passions. — Oui, parlons d'Angéla, elle
m'inspire tout ce que vous venez d'exprimer, et, malgré moi, Zerbine, j'é-
prouve auprès d'une autre un entraî-
nement irrésistible, je cède au charme
inconnu dont je ne puis ni ne veux
fuir les douces impressions. — C'est-
à-dire, que vous estimez assez peu
cette autre personne pour lui avouer
que votre cœur est partagé entre un
sentiment et une fantaisie !

Zerbine, en disant ces mots avec
amertume, laissa tomber sur ses genoux la main dont elle dirigeait le
gouvernail, et le vent qui s'était élevé
poussant la barque avec plus de

violence, elle courut quelques bras-
ses dans une direction qui la portait sur
un rocher, dont les points aigues devaient infailliblement la briser. Gusman rêveur, et les yeux attachés sur
Zerbine, ne faisait aucune attention à
l'affreux danger qui les menaçait. Zerbine elle-même, la tête penchée sur
son sein, et les yeux baissés, respirait
péniblement, et semblait plongée
dans une profonde rêverie. Tout-à-
coup elle lève la tête, essuye deux
larmes qui roulaient dans ses yeux,
jette un regard sur la proue de la barque, et s'élançant sur le pont avec la
rapidité de l'éclair, elle s'écrie; Gusman, saisissez les rames, ramez contre le vent de toute la vigueur de vos
bras, où nous sommes perdus ! En
même-temps elle se hâta de caler la
voile, et se jetant sur le gourvenail,
elle fit dévier la barque autant que ses
forces le lui permirent. Elle eut fait
ces manœuvres rapides en moins de

temps que don Gusman n'en avait mis à saisir les rames et à exécuter l'ordre de Zerbine. Il avait aperçu le péril, et, d'un bras nerveux, il aida son aimable guide qui développait dans ce moment tous les talens d'un pilote expérimenté. En peu de minutes la barque s'éloigna du fatal écueil : elle avait fait beaucoup de chemin, et il était difficile de regagner la terre, parce que le vent venait précisément de la côte. — Nous sommes des imprudens, dit Zerbine, et nous risquons de passer ici une partie de la nuit. — Nous avons bien plus risqué tout à l'heure, dit don Gusman avec émotion ; et sans vous, Zerbine, nous étions brisés. — Croyez-vous me devoir quelque chose ? dit Zerbine avec un sourire. — Je vous dois la vie, répondit don Gusman. — Il est vrai, dit Zerbine, que c'est à la vôtre que j'ai pensé. Elle mit de l'expression dans ces paroles : puis elle ajouta, en

reprenant le ton de l'indifférence :
pour moi, cet écueil ou une autre !...
elle n'acheva pas. — Se peut-il, lui dit
Gusman avec intérêt, que la vie vous
soit à charge ? — Je l'estime peu, du
moins, parce qu'il me manque ou l'appui qui la fait paraître douce, ou l'illusion qui la fait croire agréable. Le plus
cruel supplice, c'est l'uniformité des
pensées avec l'extrême mobilité de
l'existence.— Chacune de vos paroles,
chacune de vos actions, lui dit Gusman, double le désir de vous mieux
connaître. Puis-je espérer, Zerbine,
qu'un jour vous m'accorderez quelque
confiance, que vous m'apprendrez les
détails d'une vie qui a dû être singulière, autant par les évènemens qui
l'ont remplie que par la bizarrerie de
votre caractère. — Un jour, reprit
Zerbine, un jour ! et nous, verrons-
nous plus d'un jour? non, Gusman,
non, courez où la fortune, où l'amour
vous appellent. Il est temps pour tous

deux de rompre des liens qui pour-
raient devenir plus forts, et qui ne
seraient funestes que pour moi. Rendez grâce à l'heureuse inspiration qui
m'a rappelée à la raison assez à temps
pour vous sauver la vie : car ma pensée était toute différente. Vous ne savez pas, Gusman, quel feu court
dans nos veines avec le sang ardent
de nos brûlans climats! Le soleil de
l'Egypte influe moins sur notre visage
que sur nos cœurs ; et la vie errante
que nous promenons de climats en
climats, ne peut détruire l'influence
de notre première éducation!—Gusman qui ramait toujours, commençait à rallentir ses mouvemens.—Cé-
dez-moi votre place, lui dit Zerbine,
c'est moins la force qui vous manque
que l'habitude : pour moi qui souvent
ai conduit ma pirogue sur le Nil, en
évitant et même en combattant les
dangereux crocodiles, je suis plus ex-
périmentée que vous. — Quoi! vous,

- faible femme, vous avez osé ?... —
Ce que vous n'oseriez sûrement pas,
me lancer du haut d'une effrayante
cataracte, et reparaître avec mon canot, à cent verges de l'endroit où
vous m'auriez crue engloutie. — Elle
avait pris les rames, et avec plus d'a-
dresse que de force, elle fendait la
vague, présentait à la lame la poupe
de sa nacelle, et avançait deux fois
plus vîte que Gusman. On ne saurait
exprimer avec quelle aisance elle se
balançait sur les rames; et combien
ses mouvemens souples, et ses po-
ses élégantes donnaient de grâces à un
exercice aussi violent. Don Gusman
ne pouvait se lasser de l'admirer; et
plus il la voyait, plus ses idées, naturellement romanesques, l'entraî-
naient vers un sentiment plus vif que
l'admiration.

Enfin la barque approcha de la
terre, et vint mouiller sous le grand
rocher où Gusman avait aperçu Zer-

bine, et l'avait entendu chanter sa barcarole. Zerbine sauta sur le rivage, et attacha la barque à un anneau fixé dans le rocher. Retournez sans moi, dit-elle à Gusman, à la cabane du pêcheur. Un devoir important m'appelle en ce moment ailleurs. Elle s'élança comme une ombre fugitive au milieu des rochers et des buissons qui couvraient les dunes, et laissa don Gusman dans une surprise, et au milieu d'un conflit d'idées difficiles à rendre. Ses yeux cherchaient en vain la trace de ses pas, il jetait au loin des regards avides ; il crut l'apercevoir à travers quelques arbres ; elle parut en effet sur la pointe d'une roche nue, fit à don Gusman un signe de la main, et disparut tout-à-fait.

# CHAPITRE III.

A l'ombre de ses ailes , vous ne craindrez
ni les attaques nocturnes , ni la flèche qui
vole durant le jour , ni les fureurs du démon
du midi.

DAVID , ps. 90,

Fernand-Carlos avait passé plusieurs heures dans le silence et l'obscurité, n'entendant autre chose que le
bruit monotone des vagues qui battaient les flancs du navire, lorsque la
trappe par laquelle il était entré s'ouvrit, et qu'une lanterne jeta quelque
lumière dans le réduit sombre dont il
ne connaissait ni la forme ni les dispo-
sitions. Il y était resté immobile, il parcourt d'un coup d'œil cette espèce de
cave humide où étaient entassées des
marchandises, des provisions et du lest,
et il vit non loin de lui un homme à demi

nud couché sur une natte grossière,
ce qui lui expliqua d'où provenaient
les soupirs qu'ils avait entendus. Cet
homme était un matelot que , pour
quelque faute de discipline , on avait
mis *au cachot*, et à qui on apportait
sa ration de biscuit , en attendant les
cinquante coups *de garcette* qui devaient avertir ses épaules que l'obéis-
sance est le premier devoir du matelot et du soldat. Judas Varech ignorait
qu'il y eût quelqu'un à fond de cale ,
le matelot y ayant été mis en son absence ; sans quoi il n'y aurait pas placé Fernand-Carlos. Le matelot qui
descendait ayant aperçu l'homme à
deux-têtes, resta muet de surprise, et
laissant tomber l'écoutille, il appela
le contre-maître; celui-ci, à son récit,
le traita de visionnaire , le lieutenant
demanda d'où venait ce bruit, et en
effet tout l'équipage entourait le matelot et se récriait sur sa vision. Le
capitaine survint, et le matelot jurant

qu'il disait la vérité, il ordonna qu'on
redescendit à fond de cale et qu'on
en fît sortir les gens qui pouvaient s'y
être introduits. Pendant ce temps Judas-Varech, se tenait à l'écart, redou-
tant l'explication.

Fernand-Carlos, fut donc amené
devant le capitaine Selder, qui lui
dit, en le regardant avec le plus grand
sang-froid, j'ai fait deux fois le tour
du monde, j'ai vogué depuis un pôle
jusqu'à l'autre, j'ai trafiqué chez les
peuples du nord et du midi, j'ai vu
des hommes noirs, blancs, rouges,
cuivrés, mais chacun d'eux n'avait
qu'une tête, et je vous prie de me dire
dans quel pays vous êtes né, par quel
hasard vous êtes sur mon vaisseau,
et si, dans votre pays, tous les hommes
vous ressemblent. Tout l'équipage
entourait Fernand-Carlos, et attendait
sa réponse avec autant d'impatience
que de curiosité.

Je suis, répondit Fernand avec fierté,

Espagnol et noble. Quant au sujet qui m'a conduit sur votre vaisseau, c'est mon secret, et il ne regarde personne. — Il me regarde, répondit Selder, attendu que je suis ici le maître, et que j'ai droit de vie et de mort sur tout ce qui est à mon bord. — Droit de vie et de mort, s'écria Fernand, et qui te l'a donné ? Quel homme a ce droit sur son semblable ! — D'abord, reprit Selder avec son imperturbable sang-froid, tu n'es pas mon semblable, puisque tu as deux têtes et que je n'en ai qu'une. Tu n'es pas mon compatriote, puisque tu es Espagnol et que je suis Flamand. Tu es mon ennemi, puisque tu es noble et que je suis républicain. Tu ne veux pas me dire la raison qui t'a fait te cacher à mon bord, donc cette raison n'est pas bonne. Quiconque se cache, fait mal : tu es un espion du gouvernement espagnol, les lois de la guerre et de la paix, celles des nations policées et des

peuples sauvages, condamnent les es-
pions à la peine de mort : voilà une
vergue à laquelle on en a déjà attaché
quelques-uns; une bonne corde et deux
balles de plomb vont te rendre encore
plus discret que tu n'as envie de l'être;
recommande-toi à Dieu : chez nous
la justice est prompte, on n'a pas le
temps d'entendre bavarder des avo-
cats qui embrouillent les affaires et
qui les traînent en longueur. La manœuvre réclame nos soins ; chacun a
sa besogne, on va se dépêcher de faire
la tienne. Les requins qui rôdent autour du vaisseau se chargeront de ta
sépulture. Allons Judas Varech, un
bout de cable ; et vous autres, deux
ou trois mousquets bien chargés. La
surprise et l'effroi ôtaient la parole
au malheureux Fernand-Carlos, il fut
encore plus stupéfait, quand il vit le
même matelot qui l'avait introduit
sur le vaisseau, s'approcher avec plus
d'indifférence que Selder n'en avait

3

mis à donner ses ordres. La parole lui
revint cependant : Vous êtes donc des
cannibales, s'écria Carlos, les sauvages des forêts ont plus d'humanité
que vous, il faut qu'ils aient des raisons pour se liver à la férocité ; un
homme désarmé, et hors d'état de
leur nuire, obtiendrait grâce devant
eux ; mais ce que vous nommez vos
lois est le code des antropophages
ou des bêtes féroces. — C'est le code
des pirates, lui dit en ricannant l'affreux Judas-Varech, qui, sans avoir
besoin de sa force colossale, liait
tranquillement à une vergue l'infor-
tuné fils de Vargas. Trois matelots
armés de mousquets n'attendaient
que le commandement pour terminer
d'un seul coup sa bizarre existence et
sa destinée plus singulière encore.
Tout l'équipage était rangé sur le
pont dans un profond silence, et la
stupeur inséparable d'un pareil moment avait glacé la langue des deux

condamnés qui ne purent s'empêcher de fermer les yeux pour ne pas voir l'appareil affreux qui les menaçait, et le coup inévitable qui allait si brusquement trancher leurs jours.

Un cri s'élève, une femme apparaît entre les bourreaux et la victime, couvre de son corps celui qu'on allait immoler, et, d'une voix impérieuse s'écrie: *arrêtez.* Fernand-Carlos ouvre les yeux, voit les armes s'abaisser, et d'un second coup d'œil admire la figure ravissante de celle qui venait de prononcer son salut; quoique belle, elle dut lui paraître plus belle encore; son regard imposant contrastait avec le doux sourire que faisait naître sur ses lèvres la satisfaction d'avoir sauvé la vie à un homme. Capitaine Selder, dit-elle avec autorité, pourquoi cette exécution? — En temps de guerre, répondit Selder, la promptitude est prudence, et la sévérité justice. — Et si je vous dis que la vôtre est un cri-

me et que cet homme est le fils d'un
de vos amis? — Qui m'en répondra,
reprit Selder ? — Manuel de Melsem,
dont Fernand-Carlos est le neveu. —
Le neveu de Manuel, dit Selder avec
autant de flegme qu'il en avait mis à
commander l'exécution : qu'on le dé-
tache. Et il remit à sa bouche la pipe
qu'il en avait ôtée pour prononcer
ces paroles.

On a sans doute reconnu Zerbine
dans la femme singulière qui vient
d'arracher Fernand-Carlos à la mort.
Manuel ne part pas avec vous, continua-t-elle, une affaire imprévue l'appelle à Flessingue. — Qu'il aille où il
voudra, dit Selder; par-tout où il va,
on sait que c'est pour servir la bonne
cause. — Et tandis que vos coquins de
matelots font le métier de pirates et
de corsaires, continua-t-elle, en regardant sévèrement Judas Varech, ils
négligent leur consigne, et vous exposent à manquer le but de vos opé-

rations les plus importantes.—J'avais donné mes ordres, reprit Selder un peu ému. Varech, dit-il en s'adressant à ce farouche pirate, n'as-tu pas conduit les deux hommes que nous attendions, à bord de la *Tempête?* — J'étais en vedette à l'heure convenue, dit Varech; les signaux n'ont pas été faits. — Menteur, dit Zerbine, je les ai faits moi-même : ton insatiable cupidité t'a fait préférer à ton devoir l'espoir d'une riche capture. Ne savais-tu pas qu'il y allait du sort et de la gloire de ta patrie? — Je n'ai pas d'autre patrie que la mer, dit Judas Varech. — Où serait maintenant, continua Zerbine avec feu, celui qui doit vous frayer la route jusqu'à ces côtes où les richesses d'un nouveau commerce attendent vos concitoyens? Il serait prêt à rentrer dans les fers des Portugais, lui et celui qui s'est dévoué pour l'en arracher. Il serait en ce moment victime de la trahison, si ma prudence n'avait

éclairé de ténébreuses manœuvres. —
Où est-il donc ? demanda vivement
Selder, qui avait quitté toute l'apparence de son insouciance naturelle. —
Il est là, dit Zerbine, en montrant du
doigt sa nacelle attachée au flanc du
vaisseau. Elle donne un signal, et
Corneille Hourmann s'élance sur l'é-
chelle de cordes, et paraît sur le tillac
avec le geolier portugais qui l'avait
suivi. — Qui les a conduits, dit Selder étonné ? — Moi, répondit Zerbine. — Soyez le bien venu, capitaine,
dit Selder en touchant la main de
Hourman; et, reprenant son sang-froid
accoutumé, il se retourna du côté des
matelots, et leur dit: Attachez Judas
Varech à la vergue, vos mousquets
sont chargés..... en joue..... Mais
Judas Varech s'élançant de dessus le
pont dans la mer, disparut à travers
les flots.

## CHAPITRE IV.

O Diane, entends-moi ; Déesse de la nuit ;
Toi, dont le char léger parcourt les airs sans bruit
Lorsque nous célébrons nos mystères magiques.
Frappe nos ennemis , dans les foyers rustiques ,
Dans les palais brillans , à l'heure où tes pavots
Endorment des forêts les cruels animaux.

HORACE , *Epode.* 5.

Nous avons laissé Salvador en proie
au doute et à l'irrésolution. Il dit peu
de mots à Juan Perès, et retourna chez
lui pour calmer ses sens , réfléchir à
son aventure, et calculer en même-
temps ses projets d'amour et de vengeance. Mais un génie plus fort que le
sien veillait pour sa perte. Le hasard
qui avait mis Manuel sur sa trace ,
devait arrêter le cours de ses prospé-
rités. Sa vie ténébreuse pouvait être
éclaircie ; mais Manuel savait qu'avec

les lâches et les traîtres il ne faut jamais jouer à découvert. Salvador était puissant par sa place et par sa réputation usurpée de dévotion. Il était irrité; sa colère était dangereuse. Il fallait donc l'éloigner pour s'en débarrasser; mais comment arracher du sein de la société un homme dont la vie est en évidence? Manuel avait à ses ordres ce qu'il fallait pour cela. Les circonstances étaient favorables, il ne s'agissait que de se hâter.

Salvador, rentré à sa maison de campagne, écrivit au juge de la sainte Hermandad de lui envoyer main-forte pour faire arrêter et conduire devant lui des hommes coupables de trahison envers le royaume, et d'attentats contre la religion. Le pouvoir de la sainte Hermandad commençait à s'étendre: long-temps la juridiction de ce tribunal avait été bornée à ne connaître expressément que des crimes qui troublaient la paix publique; mais depuis

le règne de Ferdinand, cette confré-
rie avait un grand pouvoir, et même
des richesses. Cette institution deve-
nait au reste d'autant plus utile qu'il
faut songer combien il y avait, à cette
époque, de vices dans la police, par
le défaut de la subordination con-
venable parmi les différentes classes
d'hommes. Les descriptions que nous
donnent les historiens espagnols, du
grand nombre de meurtres, de rapi-
nes, et d'autres violences qui se com-
mettaient alors, épouvantent l'imagination, et lui présentent l'idée d'une
société peu différente de cet état de
trouble et de confusion qu'on a ap-
pelé l'état de nature. Cette digression
était utile, pour que mes lecteurs ne
jugent pas les évènemens que leur
offre cette chronique véritable, comme
s'ils se passaient de nos jours.

Il fallait pourtant que Salvador at-
tendît au lendemain pour envoyer
sa lettre par un exprès. Il passa la jour-

née entière dans l'agitation, et, le soir, quand la fraîcheur se répandit sur la terre embrâsée des feux du jour, il sortit pour respirer l'air embaumé du parfum des fleurs et des orangers qui ornaient son jardin. Comme il était assis sur une terrasse qui donnait sur la campagne, et que son esprit se reportait vers les évènemens de la nuit précédente, un spectacle singulier frappa sa vue, et vint réveiller les fantômes que créait souvent son imagination.

Au milieu d'une lande inculte, où, pour toute végétation, on voyait des bruyères, et, de loin en loin, quelques genêts, il aperçut une flamme assez vive, autour de laquelle s'agitaient des figures vivantes. Comme les objets étaient éloignés, il avait de la peine à les distinguer; il remarquait cependant une ombre qui se dessinait sur la flamme, et dont les mouvemens vifs et légers pouvaient faire croire

qu'elle exécutait une danse. Quelques
sons apportés par les vents, lui paru-
rent ceux d'un instrument. La curiosité lui fit considérer pendant quelque
temps ce tableau qui avait quelque
chose de magique, et l'engagea bientôt à le considérer de plus près. Ou-
vrant une petite porte qui donnait
sur la campagne, il marcha vers l'endroit où il voyait la flamme, et qui
paraissait éloigné d'un quart de lieue.
Comme il croyait en approcher, la
flamme disparut tout à coup, et il se
trouva dans la plus profonde obscurité. Il rêvait à cette aventure, lorsque la flamme reparut à une distance
à peu près semblable à celle qu'il avait
parcourue; il crut s'être trompé de direction, et il précipita ses pas. Il entendit bientôt distinctement le son
d'une flûte, et celui de plusieurs tambours moresques, et il s'arrêta derrière une roche d'où il pouvait tout
voir sans être vu.

Une vieille femme était accroupie auprès du feu, devant lequel était une grande chaudière. Debout, sur une grosse pierre, était un homme couvert d'une peau de mouton, et portant un bonnet pointu surmonté d'une plume de coq : c'était lui qui jouait, sur un flageolet aigre, un air vif, au son duquel s'agitaient quelques femmes presque nues, qui frappaient en cadence sur de petits tambours moresques. Ces femmes faisaient mille contorsions, et poussaient de temps en temps des cris sauvages auxquels semblaient répondre ceux des hiboux et des chouettes qui logeaient dans les vieux troncs et dans les fentes des rochers voisins. Tout à coup la danse cessa, toutes les femmes s'accroupirent autour du feu. Une grande chienne noire, longue et maigre, parut et s'approcha de la vieille, qui lui dit : Te voilà, *Léna* ; eh bien, ma fille, quelle nouvelle ? viens-tu seule

ou avec lui ? La chienne fit quelques hurlemens qui avaient de l'analogie avec les sons de la voix humaine. Il viendra donc ? dit la vieille, qui avait l'air de la comprendre, et sans doute il ne viendra pas les mains vides, car si cela était, le diable s'en repentirait, et je le mettrais plutôt lui-même dans ma chaudière. La chienne articula encore quelques sons, et Salvador écoutait avec une surprise qui absorbait toutes ses facultés, lorsqu'il se sentit frapper légèrement sur l'épaule. Il tressaillit involontairement. Une voix douce lui dit à l'oreille : *Les profanes courent de grands dangers, lorsqu'ils s'exposent à troubler nos mystères. Fais silence, car s'ils t'aperçoivent, tu ne seras pas en sûreté.*
— Où suis-je donc ? demanda Salvador tremblant et d'une voix étouffée.
— Au sabat, répondit la voix douce.
— Et qui êtes-vous ? continua Salvador, vous qui m'avertissez du péril. —

Une sorcière comme les autres.—Qui
peut vous engager à me porter quelqu'intérêt ? — *Cosbi* , reprit la voix ;
Cosbi qui m'aime, et qui n'a rien à
me refuser. — Se peut-il ! — En
doutes-tu ? Oses m'assurer que , ce
matin même , tu n'as pas évoqué
Cosbi ? Il n'était pas d'humeur à te
répondre : je le tenais dans mes bras
sur une couche de fleurs , et tu es
cause qu'il a troublé mon sommeil
par un brusque départ. — Veillai-je ?
se demanda Salvador , ou tout ceci
est-il un jeu de mon imagination en
délire ?—Non, continua la voix ; tu es
venu ici malgré toi : Cosbi veut répa-
rer sa faute , il veut t'apprendre où tu
trouveras Angéla. — Nom fatal ! dit
Salvador en se frappant le front. Mais
je ne puis être dupe d'un artifice aussi
grossier. Qui que tu sois , tu ne m'é-
chapperas pas, sorcière ou démon ,
homme ou femme.... Il étendit les
bras, et sentit la peau fraîche et douce

d'une femme au printemps de l'âge ;
il n'osa la presser trop fortement,
elle sembla glisser entre ses mains, et,
tout à coup, il entendit la même voix
au dessus de sa tête, qui lui dit : Salvador, ne crains-tu pas que je ne
jette le cri d'alarme ? Léna seule suf-
firait pour te dévorer ; mais crois-moi
si tu veux : que je sois ou non sorcière, tu pourras, dans une heure,
t'assurer de la vérité. A minuit précis,
un feu follet paraîtra devant toi. Si
tu peux suivre sa marche vagabonde,
il te dirigera vers le bâtiment où s'est
embarquée Angéla. On la force à te
fuir ; un peu d'audace, elle est à toi.

Il y a de quoi devenir fou, se disait
Salvador. Ma crédulité ira-t-elle jus-
que-là ! Il n'entendait, ne voyait plus
rien ; il regarda du côté de la flamme,
et crut voir..... mais il vit, en effet, Angéla elle-même, debout, l'air
triste !.... C'est un songe !.... se disait-il.
Toutes les femmes qui étaient accrou-

pies autour du feu se levèrent précipitamment, et crièrent toutes ensemble : *Cosbi ! Cosbi !* Une figure swelte,
légère, sembla s'élancer du milieu de
la flamme ; elle éleva en l'air une ba-
guette qu'elle fit tournoyer; la flamme
s'éteignit ; la plus profonde obscurité
régna ; pas un souffle, pas un mouvement n'interrompit le silence de la
nuit. Salvador ne savait plus que penser de cette bizarre vision. Il s'assit sur
la pierre pour réunir ses idées. Ce qui
le surprenait le plus, c'était l'apparition d'Angéla, ou de l'être fantastique
qui lui avait offert sa ressemblance.

Il était encore dans la même position lorsqu'il aperçut une flamme légère qui semblait voltiger à travers la
plaine. Il tira sa montre, et la fit son-
ner ; elle sonna minuit. — Dusses-tu
me conduire en enfer, dit Salvador en
regardant le feu follet, je te suivrai.
Il se leva, et marcha, non sans peine,
à travers les bruyères qui embarras-

saient ses pas. Plusieurs réflexions vinrent lui faire craindre que ce ne fût
un piége tendu par quelqu'ennemi ;
mais il n'osait rétrograder, ne sachant
où il se trouvait. Après une marche
longue et d'autant plus fatigante que
le feu follet ne marchait point en ligne
directe, qu'il s'arrêtait, reprenait sa
course, et que, lorsqu'on s'en croyait
le plus près, il paraissait tout-à-coup
à une distance considérable, Salvador
se trouva sur une plage unie, et le
bruit sourd de la mer vint frapper son
oreille. Quelques étoiles scintillaient
par intervalle au milieu d'un ciel chargé de vapeurs, et laissaient entrevoir
la plaine liquide sur laquelle se promenait encore la flamme fugitive. Elle
semblait glisser sur l'onde, au bord
de laquelle s'arrêta Salvador. Un coup
de canon se fit entendre, venant de la
pleine mer. Un coup de mousquet y
répondit de terre. Au même instant,
Salvador se sentit saisir par plusieurs

bras vigoureux. Un mouchoir qui lui
ferma la bouche, étouffa les cris qu'il
s'efforçait de jeter. Il fit en vain résis-
tance; on le transporta dans un canot;
il entendit les rames fendre l'onde, et,
en moins d'un quart d'heure, on le
hissa, au moyen d'un cordage, sur un
vaisseau, où il ne fut pas plutôt, qu'on
le délia, et qu'on lui ôta son bâillon.
La colère l'empêchait d'articuler les
menaces que son cœur exhalait. Il vit
bien, à la manœuvre, que le vaisseau
marchait, et que le vent, qui était fa-
vorable, l'éloignait rapidement du lieu
d'où l'on était parti. J'ai donc donné
dans un piége! se disait-il. Et je le
pressentais! et la fatalité m'a entraîné:
Où me conduit-on? En veut-on à ma
vie? dit-il à voix haute. Un homme,
qui lui porta une lanterne au visage,
le regarda fixement, et lui dit, avec
un sang-froid admirable : « Camarade, nous allons chercher par le nord
un chemin aux Indes-Orientales, beau-

coup moins long que la route ordi-
naire. Ce projet (1) est hardi, périlleux, mais la fortune est au bout ;
et si nous ne périssons pas dans les

---

(1) Ce hardi projet éprouva, dans les com-
mencemens, des difficultés énormes.

Après avoir laissé derrière eux la mer de
Hollande et couru celle de Norwége, des îles
du Groenland et d'Irlande, qui sont les plus
reculées du pôle, ils gagnèrent heureusement
sur leur droite, le détroit de la nouvelle
Zemble, où ils éprouvèrent les premières difficultés du passage. Ils eurent ensuite des
peines incroyables à revenir sur leurs pas.

Environnés de tous côtés par des montagnes
énormes de glace, ils voguaient, au hasard,
sous un ciel que leur dérobait la neige la plus
épaisse ; il leur semblait voir expirer la nature au milieu de ces terribles frimats. For-
cés d'interrompre leur navigation et de des-
cendre à terre, ils détruisirent un de leurs
vaisseaux, et employèrent ses bois à cons-
truire des cabanes, mais ce ne fut que pour y
trouver de nouveaux périls.

De nombreuses troupes d'ours blancs, d'une

mers glaciales, nous nous couvrirons
de gloire. »

---

grandeur démesurée, vinrent les attaquer
dans les retraites qu'ils s'étaient fabriquées,
et les extrémités où ils se virent réduits furent si affreuses, qu'ils désespèrent d'y survivre et de revoir jamais leur patrie. Cependant le froid s'étant adouci, et le dégel ayant
fondu la glace, ils y revinrent après avoir
souffert les plus grands maux.

(Histoire des guerres de Flandre, par le
cardinal Bentivoglio, tome 3, pag. 412.
Paris, 1769, *trad. par M, Loiseau.*)

# CHAPITRE V.

Apparais moi simple et riante ,
Marche toujours devant mes pas
Avec ta robe verdoyante
Et ta couronne de lilas.
Ton front porté par les nuages
Semble m'affranchir des soucis ,
Des passions et des orages.

SAINTINE.

La ruse de Zerbine avait réussi. L'hypocrite et superstitieux Salvador, emporté par *le diable*, c'est-à-dire, par le vaisseau du capitaine Selder, allait, par cette espèce de déportation, laisser respirer ceux qu'il persécutait depuis si long-temps.

Le gouvernement espagnol commençait, par une politique assez sage, à jeter un voile sur quelques erreurs anciennes, et excepté quelques chefs

trop marquans, on avait oublié tous
ceux qui avaient pris part aux troubles de la Flandre : mais les haines
particulières se servaient souvent du
prétexte de l'intérêt public pour at-
teindre leurs victimes. La famille de
de Vargas n'avait plus d'ennemi à
craindre, depuis le départ de Salvador, et Manuel s'était vengé de la manière que nous venons de voir, d'un
traître qu'il ne pouvait s'empêcher
de redouter.

Tous les projets de voyage s'éva-
nouirent donc, et chacun retourna
dans son habitation, à l'exception de
don Gusman qui se rendit au château
de Vargas, où Fernand - Carlos lui
avait donné rendez-vous ; et où il devait fixer sa résidence.

Le départ de Salvador avait été
concerté entre Manuel et Zerbine, et
le capitaine Selder s'y était prêté de
bon cœur, pour obliger son ancien
ami. Aussitôt que le canon du vais-

seau eût donné le signal convenu qui
devait annoncer à Manuel que son
projet avait réussi, et que le vaisseau
était parti pour sa longue et importante expédition, tous nos personnages quittèrent la cabane où ils s'étaient
réfugiés. Nous ne pouvons les suivre
tous, retournons à Fernand-Carlos
miraculeusement arraché à la mort
par Zerbine, au moment où on allait
le fusiller comme espion. L'apparition
de la jolie Egyptienne avait frappé
d'étonnement l'Homme à deux têtes; la
reconnaissance devait naturellement
se joindre à ce sentiment : mais, dans
le cœur de Fernand, une passion sou-
daine s'alluma plus vive et plus vio-
lente que celle dont Angéla avait été
l'objet. Il n'avait pas encore vu de
femme aussi piquante et aussi sédui-
sante que Zerbine. La grâce, la douceur, un air candide et pur étaient
le partage d'Angéla : mais Zerbine, légère comme une Fée, brillante, vive,

lui présentait un genre de beauté qui eût fait impression sur une âme moins neuve que la sienne.

Après avoir conduit à bord Corneille Hourmann, Zerbine offrit à Fernand-Carlos de le remettre à terre, et de l'y mener avec sa barque, ce que Fernand accepta avec transport. Il ne pouvait s'imaginer quelle était cette femme qui faisait l'office d'une simple batelière, et qui venait de parler avec tant d'autorité à un capitaine de vaisseau. Les deux frères, vivement émus, regardaient avec intérêt leur aimable conductrice, ce fut elle qui rompit le silence. Je connaissais votre existence, dit-elle, mais je ne m'étais pas formé de votre personne une idée conforme à ce que je vois. Il me reste le désir de vous entendre parler. — Le premier mot que nous devions prononcer devant vous, répondit Fernand, est celui de reconnaissance. Croyez, dit Carlos, qu'il était dans notre cœur avant d'ê-

tre sur nos lèvres. — Après avoir
payé ce tribut à votre générosité, continua Fernand, j'en dois un à vos charmes, et la reconnaissance n'exclût
pas... l'admiration, dit-il en hésitant.
— Il paraît, dit Zerbine, que vous
êtes flatteur comme tous les hommes,
et que l'on doit se défier de vous dou-
blement, puisque vous avez un double moyen de flatter.—Oserai-je vous
demander, dit Fernand avec vivacité,
à qui nous sommes redevables d'un si
grand bienfait? — A une femme, dit
Zerbine, qui n'a ni titre, ni rang,
dont le nom est obscur, et qui ne ga-
gnerait rien à se faire connaître de
vous. — Croyez-vous donc, reprit
Fernand, que nous soyons des in-
grats? Si la fortune a été injuste envers vous, nous ne pouvons mieux
employer ses faveurs qu'à vous en
offrir le partage. Nous sommes riches,
et nos biens ne peuvent suffire à ac-
quitter la dette que nous avons con-

4 *

tractée. — Je n'ai pas besoin d'or, répondit Zerbine : je ne manque de
rien : je suis libre , indépendante , je
parcours le monde, m'arrêtant aux
lieux qui me plaisent, cherchant d'autres climats quand l'ennui ou le dégoût
me saisissent dans celui que j'habite.
L'oiseau du ciel qui ne connait de patrie que les airs, n'est pas plus volage
ni plus heureux que moi. — Votre
cœur est donc libre , demanda Fernand , avec un intérêt qui semblait
tenir à un autre sentiment qu'à la
curiosité. — Qui vous a dit cela? répondit Zerbine : le mystère du cœur
ne se révèle pas ainsi ! — Vous aimez !
dit Fernand avec un ton affirmatif,
qui aurait désiré une réponse néga-
tive. — Pourquoi aimerais-je ? reprit
Zerbine , avec cette mélancolie qui
traversait souvent le sourire de ses
lèvres enjouées. Pourquoi aimerais-je !
qui voudrait rendre amour pour amour
à la fille du hazard, jetée en naissant

dans un désert, élevée dans la liberté de la nature, ignorante des scènes du monde, et isolée des faveurs de la société ! — Cette réprobation même, s'écria Fernand avec enthousiasme, rapproche votre sort du mien. Ne dédaignez pas l'offre d'un château, le partage de mes richesses, et l'assurance d'un attachement que la reconnaissance a fait naître, et que la mort seule pourra rompre. — Un château ! dit Zerbine en reprenant sa gaîté habituelle, je m'y croirais prisonnière. Vos richesses, en payant mon service, lui ôteraient tout son prix. Un attachement!.... Ah, si c'est de l'amitié, elle ne peut naître aussi rapidement : si c'est un autre sentiment, ses doux rapports ne veulent ni confidens ni témoins indiscrets, et la nature s'oppose à ce que vous obteniez jamais l'aveu qui ne peut se faire que dans un tête-à-tête.

Fernand fronça le sourcil et ren-

ferma dans son sein les terribles pensées qui naissaient de sa dépendance.
— Vous avez chagriné mon frère, dit
doucement Carlos; mais, pour le consoler, promettez-nous de ne pas nous
quitter précipitamment. — Je vous
le promets, répondit sur-le-champ
Zerbine. J'ai plusieurs raisons pour
habiter ces environs pendant quelque
temps, et j'accepterai souvent un appartement dans votre château, puisque vous me l'offrez de si bonne
grâce. Vous me connaîtrez mieux j'espère, quand nous nous serons vus
plusieurs fois. — Fernand prit un air
moins sombre; il semblait retrouver
un espoir qui le ranimait.

La barque toucha le rivage, et Zerbine dit à Fernand-Carlos, retournez à votre demeure, il s'écoulera peu
de jours avant que vous y receviez
Zerbine, c'est mon nom. L'Égypte est
ma patrie. La magie est la science que
je professe; je l'emploie souvent à être

utile aux hommes , et jamais à leur
nuire. Fernand-Carlos, je sais bien
des choses sur votre destinée : mes
conseils pourront vous être utiles, ne
les dédaignez pas. Vous avez des richesses , de la liberté , mais nulle expérience ; le monde va s'ouvrir devant vous, craignez ses écucils plus
dangereux que ceux de l'onde inconstante qui vous porte encore.

Fernand-Carlos s'élance sur le rivage, Zerbine quitta la rame et se tint
debout sur la proue de la barque ; sa
robe, poussée sur son corps par le
vent, dessinait ses formes élégantes.
Ses longs cheveux voltigeaient en une
seule touffe au dessus de sa tête,
comme la flamme qui domine un mât;
c'est ainsi que les poëtes peignent une
Néréïde, jouant sur les flots, dans une
conque marine. Gardant cette attitude et prenant un ton prophétique,
elle jeta un regard expressif sur
l'Homme-à-deux-têtes. Héritiers de

Vargas, dit-elle, l'âge des passions
est dangereux. La nature, que vous
accusez, vous a réunis pour que vous
vous soyez mutuellement utiles. Heureux serait l'homme qui aurait toujours un témoin de ses actions, il serait contraint de ne faire que le bien.
Fernand, votre âme impétueuse vous
entraînera dans de grands périls. Prenez souvent conseil de l'âme douce et
timide de votre frère, et loin de mau-
dire sa présence, qui met un frein à
vos passions, regardez-la comme une
sauve-garde contre les tempêtes du
monde et contre les orages de la vie.
Elle dit, et pressant le timon de sa
barque, elle se glissa entre les rochers
qui la dérobèrent aux yeux de Fernand-Carlos.

~~~~~~~~~~~~~~~~~~~~~~~~~~~~~~~~~~~~~~~~~~~~~~~~~~~

## CHAPITRE VI.

Pour quelques courtes chansonnettes
Pour un seul morceau détaché,
Les gens chez vous sont des poètes,
Vous les faites à bon marché.

ANONYME.

Don Gusman s'était établi au château de Vargas, et avait touché le premier quartier de sa pension. Il n'y avait
pas quinze jours qu'il y menait une vie
tranquille et paisible, que déjà ses
grands projets de réforme commencè-
rent à s'évanouir, et que son existence
lui sembla fort ennuyeuse.—Mon cher
Fabrice, disait-il à son confident, car
il avait fait de Fabrice son valet-de-
chambre et même son secrétaire; et
il avait donné à Québrantador le titre
de son écuyer. Mon cher Fabrice, disait-il donc, la transition n'a pas été

assez préparée. J'ai pris pour un retour philosophique ce qui n'était dans
le fond qu'une boutade de misanthro-
pie. J'ai cru haïr la société, parce que
le mauvais état de ma fortune ne me
permettait plus d'y briller. J'ai pensé
que je n'aimais plus les femmes, parce-
que j'étais dégoùté de trois ou quatre
coquettes qui m'obsédaient; et je sup-
posais enfin que je me plairais dans la
solitude, parce que je cessais d'être remarqué dans le monde. Mon histoire
est celle de la plupart de nos sages :
ils frondent les plaisirs qu'ils ne peuvent pas goùter. Quant à moi, voilà
ma fortune rétablie, elle sera bien
plus considérable encore à la mort de
mes deux cousins. Je ne prétends pas
m'ensevelir plus long-temps dans ce
château. J'y veux donner cependant
une fête à quelques-uns de mes amis,
je prétends y inviter Fernand-Carlos,
pour lui témoigner ma reconnaissance
de sa conduite généreuse; et puis nous

partirons pour Séville, où les joûtes,
les courses, les bals ont absolument
besoin de ma présence. Je suis sûr que
tout le monde s'étonne de ne pas m'y
voir ; que l'on est surpris de n'e plus
entendre ma guitare dans les séré-
nades, et que s'il y a eu quelque coup
d'épée de donné, on se demande comment il est possible que don Gusman
de Vargas n'y soit pour rien.

— Pardonnez-moi, mon cher maître, si je ne suis pas de votre avis,
répondit Fabrice ; mais, puisque vous
me faites l'honneur de me prendre
pour confident, il est de mon devoir
de vous dire le fond de ma pensée,
et tout ce que me dicteront mon zèle
et mon attachement pour vous. Votre honnête, ou vos honnêtes cousins, sont le plus brave homme que
je connaisse, et ils ont bien meilleure
tête que vous, non pas parce qu'ils
en ont deux ; mais parce qu'ils répa-
rent les brèches de votre fortune,

tandis que vous songez à lui en faire
de nouvelles. Vous voilà bien établi
dans un vieux château que ses années
rendent respectable. Les meubles ne
sont pas à la mode, mais ils sont so-
lides. Vous n'y aurez ni courses, ni
joûtes ; mais qui vous empêche d'y
prendre le plaisir de la chasse et d'y
donner des bals à la noblesse du voisinage ? Vous pouvez y tenir bonne
table, c'est un plaisir de grand seigneur. Si la solitude vous ennuie,
épousez quelque riche héritière des
environs. Vous aurez bientôt une
petite famille qui vous désennuiera.
Vous éleverez vos enfans, vous ferez
une bonne maison, et vous serez
servi avec zèle et affection par de
bons domestiques, à qui vous assu-
rerez, pour vos économies, des pen-
sions pour leurs vieux jours. Voilà,
mon cher maître, à quoi il faut penser, et non pas à aller dissiper, à Séville, une fortune qui vous est tom-

bée comme la manne du ciel, et qui s'y fondrait comme la neige aux premiers rayons du soleil de printemps. Fabrice, en disant ces derniers mots, se redressa avec un sourire de satisfaction, comme un orateur enchanté de son discours et de la fleur de réthorique qui en couronnait la péroraison.

— J'admire ton éloquence, dit en riant don Gusman ; une seule chose la gâte. Tu ressembles à ces prédicateurs qui ne peuvent pas faire un sermon sans y ramener la vie éternelle qu'ils nous souhaitent. Ta vie éternelle, à toi, c'est la pension de retraite! tu l'as manquée chez le marquis de Marialva, et tu voudrais ne pas la manquer chez moi. Mais je veux que ceux qui me sont attachés suivent ma fortune. Fi! d'une vie sans crainte et sans espoir, qui n'est balancée par aucune chance, et où quelques inquiétudes ne rendent pas plus piquans les instans du plaisir. Le repos de la tombe ne serait pas plus triste! Il faut regarder la vie comme un jeu dont les vicissitudes font le charme. Le joueur, qui serait toujours sûr de gagner, ne trouverait plus aucun plaisir à jouer. Et puisque tu aimes le style fleuri, l'hiver prête des charmes au printemps; les nuits rendent les jours plus agréables, et les épines font aimer les roses! Ainsi, mon pauvre Fabrice, tu vois que tu ne m'as pas converti, et que je sais rétorquer un argument aussi bien que les professeurs de Salamanque, qui ont, du reste, fait de toi un fort habile homme pour prêcher dans tes intérêts. — Eh! Monsieur, dit Fabrice en colère, c'est que mes intérêts sont les vôtres. Si j'ai une misérable pension de deux ou trois cents réales, cela prouvera que vous en avez dix mille de rente. Mais si vous deveniez malheureux, je ne vous

abandonnerais pas pour cela ; dussé-je
aller, pour vous, dans les rues, demander la charité, comme on assure que
faisait l'esclave de ce noble et grand
poète, Louis de Camoëns, qui allait
le matin à la cour, que le roi et les
grands caressaient, et qui serait mort
de faim sans ce pauvre Indien, qui
tendait la main pour son maître tous
les soirs.

— J'aime ta colère, Fabrice, reprit Gusman ; elle me prouve que tu
as un bon cœur et des sentimens généreux : mais qui t'a appris l'histoire
de Camoëns ? — Elle était assez con-
nue à Lisbonne, répondit Fabrice. Je
m'y trouvai il y a douze ans, et j'as-
sistai à son enterrement. Il ne fut pas
plutôt mort qu'on se mit à chanter
ses louanges. Tous les mauvais poètes,
qui le redoutaient vivant, l'élevèrent
aux nues dès qu'ils n'eurent plus à le
craindre ; et le roi don Sébastien, qui
l'avait laissé dans la misère, lui fit

faire un beau tombeau dans l'église
Sainte-Anne : mais son épitaphe sera
un reproche perpétuel pour ses contemporains. Je ne l'ai pas oubliée,
la voici :

> Ci-gît Louis de Camoëns,
> Prince des poëtes de son temps.
> Il vécut pauvre et misérable
> Et mourut de même,
> L'année 1579.

J'avais du goût pour la poésie : cela
me le fit passer tout-à-fait. J'avais
composé quelques ballades, des ro-
mances, des stances et d'autres pièces
de vers ; en rentrant chez mon maître, je jetai tout au feu, et je jurai de
n'être jamais un homme célèbre, et
de ne pas faire la gloire de mon pays.
— Et tu as bien fait, Fabrice. Tu es,
par ce moyen, au dessus de ta condi-
tion, lorsque tant de personnes sont
au dessous de la leur. — Vous croyez
rire, Monsieur, il y a bien des poètes
qui en font métier, et qui ne feraient
peut-être pas des vers aussi bien que

je les faisais alors. — J'ai déjà un échantillon de ta prose , répondit Gusman ; et tu sais combien j'ai été satisfait de ton conte de l'*Écolier Inigo* , je serais charmé de connaître aussi ta poésie.—Eh bien , Monsieur, je me rappelle heureusement une amplification que je fis , au collége , sur une épigramme de Martial , et qui valut , à M. le marquis de Marialva , mon maître , la place d'*imperator*. Elle me revient à la mémoire d'autant plus à propos , qu'elle semble faite exprès pour votre situation , et qu'elle renferme d'excellens conseils que vous pourrez vous appliquer. — Voyons , Fabrice , ton amplification. — La voici , Monsieur ; je m'en souviens d'autant mieux que le marquis me donna, généreusement, dix réales pour la couronne que je lui avais fait avoir.

*Egisti vitam semper , Line municipalem,...*

— Eh ! vas-tu me cracher du latin ?

s'écria don Gusman. Je n'ai pas besoin du texte. Dis-moi vîte ton amplification. — La voici donc : aussi
bien ce n'est pas une traduction ser-
vile , mais une imitation libre.

Vous vous plaignez d'être pauvre à la ville,
Ainsi que moi venez loger aux champs ;
Au lieu du luxe , on y trouve l'utile
Qui satisfait les vertueux penchans.
Dans une ville , on mesure l'espace ,
L'or paye à peine un modeste réduit :
Dans le terrain que mon enclos embrasse ,
Je suis au large et le soleil y luit.
Le vieux sarment dans mon âtre pétille ,
L'orme et le chêne y prodiguent leur bois ,
Leurs troncs entiers réchauffent ma famille ;
On gèle auprès de vos foyers étroits.
De mon jardin les fruits couvrent ma table ,
Ils sont plus frais que ceux de vos marchés.
Mon habit simple , au vôtre est préférable.
J'ai les loisirs que bien loin vous cherchez.
Indépendant , en mon obscur village ,
Sans les payer , je trouve mes plaisirs.
L'homme toujours est riche , heureux et sage,
Quand ses besoins ont borné ses désirs.

— Comment diable! Fabrice, c'est
toi qui as fait ces vers-là! Ils valaient mieux que les dix réales dont

on les a payés, et je m'étonne maintenant que tu aies renoncé à la poésie. — Et moi, Monsieur, je m'en ap-
plaudis tous les jours. Je songe au
sort de Camoëns qui est mort de
faim, tandis que je fais de bons repas dans votre office. Mais, conve-
nez-en, ces vers sont tout-à-fait ana-
logues à la circonstance, et ils vous
peignent l'agrément que vous aurez à
rester dans ce bon château, et à vivre
noblement de la pension du cousin.
Au fait, il vous la donne, cette pension, pour que vous fassiez honneur
au nom de Vargas, que vous en sou-
teniez la splendeur, et non pas pour
que vous alliez la dissiper follement
avec les étourdis de la ville, ou avec
les coquettes qui nous auront bientôt
remis dans l'état dont nous sortons à
peine.—En vérité, Fabrice, dit Gusman, il faut que je change ton em-
ploi dans ma maison. Il est malheu-

reux que je ne sois plus d'âge à avoir un précepteur : mais je veux te faire donner, par mes protections, la première chaire de philosophie qui se trouvera vacante. — Ma philosophie est celle du bonheur, mon cher maître ; vous avez tort de vous en moquer. Toutefois ne vous fâchez pas contre moi ; je ne me suis permis de vous dire mon avis, que parce que vous m'avez consulté. Il me suffit de savoir que vous serez certain de n'avoir pas dans Fabrice un vil flatteur qui caresse et encense toutes les passions de son maître, et qui serait prêt à le quitter si l'adversité le frappait. Au reste, chaque chose a son temps, ne prévoyons pas de si loin. L'avenir est obscur, et on n'y voit clair que dans le présent. Vous voulez donner une fête, occupons-nous en d'abord ; il sera temps ensuite de songer à faire un petit voyage à Séville ou à Madrid ;

le séjour de la ville vous paraîtra d'autant plus agréable que vous en aurez été privé pendant quelque temps.

Don Gusman ne pouvait s'empêcher de convenir que Fabrice avait raison ; mais son imagination ardente, l'habitude des plaisirs brillans et du tourbillon de la société, lui faisait envisager, avec tristesse, l'avenir paisible qui s'ouvrait devant lui. Susceptible d'impressions vives , il l'était peu de sentimens durables. Il s'était cru, en peu de jours, épris d'Angéla, plus épris de Zerbine ; séparé d'elles, il les avait oubliées.

Laissons-le s'occuper de la fête qu'il voulait donner dans le château de Vargas , et retournons à Fernand-Carlos , dont les évènemens extraordinaires accumulés en si peu de temps autour de lui , avaient développé les pensées et les désirs, et qui va se jeter au travers du monde avec son inexpérience et ses passions contradictoires , semblable en tout à un vaisseau battu par deux vents opposés , et soutenu par eux entre des écueils menaçans.

## CHAPITRE VII.

L'orage a passé sur nos têtes
Et soudain le palais des fêtes
Va s'ouvrir au plaisir.

KALIK FERGUS.

Fernand-Carlos, ayant éprouvé que sa singulière conformation ne produisait pas un effet aussi terrible qu'il se l'était imaginé , prit la résolution de ne pas se séquestrer du monde autant qu'il en avait eu d'abord la pensée. En effet , dit Fernand à Carlos , pourquoi nous priver des jouissances que notre fortune peut nous procurer ? Nous avons mille moyens de nous donner une existence agréable et indépendante , et nous irions nous ensevelir comme des animaux sauvages dans les déserts? Nous pourrions faire de notre château un lieu de délices, et nous avons eu tort d'en céder la jouissance à notre cousin don Gusman ; mais il est possible de revenir sur cette concession, qui n'est qu'un effet de notre bonne volonté. — Mon frère, répartit Carlos, tu formes de dangereux projets. Rappelle-toi les conseils de la belle égyptienne; il semble qu'elle ait lu dans ton cœur, et qu'elle ait tiré ton horoscope; tu te laisses facilement séduire par toutes les impressions nouvelles; crains de te laisser entraîner par le torrent fougueux des passions. — Ces passions, reprit Fernand, qui les a mises dans le cœur de l'homme? — Celui qui les y a mises, répondit Carlos, a mis à côté d'elles la raison pour les combattre. — Le plus fort sera vainqueur, dit Fernand. Comme il disputait avec son frère, il reçut une lettre d'invitation de don Gusman pour la fête brillante que celui-ci voulait donner dans le château de

Vargas. « Tu vois, dit-il à Carlos, que nous ne devons plus songer à nouscacher, et qu'il faut, au contraire, paraître à cette réunion avec tous nos avantages. » Carlos soupira et se tut. Il ne fut pas insensible cependant à l'idée de voir enfin le monde et d'y faire, pour ainsi dire, son entrée. Fernand-Carlos ne le connaissait que par spéculation ; il était entré dans la vie par un chemin peu capable de lui en donner une idée avantageuse. Il avait vu l'innocence persécutée, l'hypocrisie en vénération, la perfidie heureuse ; et les scènes pénibles qui l'avaient entouré, et celles qu'il se promettait, lui semblaient le chaos avant la création.

Toute la noblesse des châteaux voisins, plusieurs habitans notables de San-Lucar, et même quelques amis de don Gusman, qui habitaient Séville, avaient reçu des lettres d'invitation, et on sait qu'une réunion semblable est une affaire d'état pour les invités. Les jeunes gens songent à y briller, les jeunes personnes à s'amuser, les mères pensent à les y faire paraître de la manière la plus avantageuse pour trouver des maris, et les vieillards songent d'avance à critiquer tout ce qui ne sera pas selon les règles de la plus sévère étiquette. En général, on n'est payé de toute la peine qu'on se donne pour être agréable aux hommes que par l'insouciance des uns, l'égoïsme des autres et la critique de presque tous. Cela n'empêchait pas qu'on ne fît au château de Vargas les plus grands préparatifs. Gusman aimait à briller, et cette fête splendide allait dévorer en quelques jours son revenu de trois mois; mais, par amour-propre, il était flatté de reparaître avec éclat. On avait formé quelques conjectures sur son absence; les gens qu'il avait éclipsés du temps de sa fortune s'étaient fait un malin plaisir de répandre le bruit qu'il était ruiné, qu'il allait cacher sa honte et sa misère au fond d'une province; d'autres avaient dit qu'il s'était embarqué, et qu'il n'oserait plus reparaître en Espagne. Il était bien aise de fermer la bouche à ses détracteurs, et de donner une grande idée de sa position avant de retourner à Séville. Aussitôt que le bruit de la nouvelle fortune de don Gusman se fut répandu, il reçut de tous côtés des lettres de félicitation, des protestations d'amitié, des annonces de visites de la part de gens qui, la veille, ne pensaient nullement à lui. Quelques femmes, même de celles qui avaient oublié qu'elles n'avaient pas dédaigné ses hommages, lui promettaient la faveur de leur présence. Il dut un moment s'attendre à recevoir toute la ville.

Il est utile que mes lecteurs aient une idée des fêtes que l'on donnait à

5 *

cette époque, où le goût de la chevalerie et quelques restes de la galanterie des Maures dominait encore dans
les mœurs de l'Espagne. Ils sauront
donc que l'on avait préparé dans le
parc une place pour les courses de
bagues. Une autre place , pour les
joutes, avait été entourée d'estrades
et de gradins pour les spectateurs. On
avait aussi élevé un théâtre pour la
comédie, à laquelle les Espagnols
préludèrent par les *autos sacramenta-*
*les ,* et dans laquelle ils ont été nos
premiers maîtres. En effet, le fameux
Lopès de Véga florissait alors, et il
n'avait pas trente ans qu'il avait déjà
fait jouer plus de quatre cents pièces
de théâtre(1). Une table splendide
devait être dressée dans la grande
galerie du château, et les salons des-

_____

(1) On porte à dix-huit cent les pièces en
vers composées par le fécond Lopès de Véga.

tinés à la danse devaient être brillam-
ment illuminés. Fabrice, comme
poète, s'était chargé de ce qui regardait le théâtre, la comédie et les de-
vises galantes qui devaient se mêler
aux guirlandes, et orner les cartou-
ches et les écussons. Québrantador
avait la direction de tout ce qui était
relatif aux jeux militaires, aux joutes
et aux courses de bagues. Le soldat de
Charles-Quint était fier de cet em-
ploi, et il ne cessait de répéter qu'il
s'était trouvé dans sa jeunesse à un
tournoi dans lequel combattit en
personne ce vaillant empereur. On
mit en réquisition la moitié des paysans du voisinage, pour travestir les
uns en laquais, les autres en aides de
cuisine, ceux-ci en hallebardiers
pour garder les portes et mettre la
police parmi les valets qui devaient
suivre les invités. Cent personnes
supposent au moins deux cents fai-
néans à leur suite, et ce ne sont pas

les maîtres qui donnent en pareille occasion le plus d'embarras. Qué-brantador passa huit jours à faire faire l'exercice à sa troupe et à la discipliner. Il se désolait de voir que ses soldats d'occasion ne savaient ni se tenir droit, ni marcher au pas, ni porter leurs armes avec adresse. Il les faisait marcher, s'arrêter au commandement ; quand il commandait à droite, ils tournaient à gauche ; aussi désespéra-t-il d'en faire de bonnes troupes ; mais il leur enjoignit une surveillance sévère, et beaucoup d'exactitude à observer les consignes qu'il leur donnerait. A cela près, il leur permit de tenir leurs hallebardes et leurs mousquets avec aussi peu de grâce que leurs fourches ou leurs bêches.

Pendant que le nouveau commandant de la garnison du château s'occupait de ses opérations militaires, Fabrice réveillait sa muse endormie.

Il avait composé une pastorale qu'il faisait apprendre à de jeunes garçons et à de jeunes filles du village voisin. Ce n'était pas peu de chose pour notre auteur que de faire répéter ses vers à des bouches villageoises qui n'en avaient jamais prononcé d'autres que ceux des cantiques au patron de la paroisse, et des chansons de la veillée. Il trouvait cependant plus d'intelligence et de finesse dans les filles que dans les garçons.

Le sujet de la pastorale de Fabrice était emprunté de la jolie idylle de Moschus, intitulée *l'Amour-fugitif*. Il avait donné le rôle de l'amour à une jolie petite brunette de quinze à seize ans, fort espiègle, et il se plaisait beaucoup à faire répéter celui de Vénus à une grande blonde passablement niaise ; ce qui amena dans la représentation un incident imprévu ; mais n'anticipons pas sur les évènemens.

Parmi les gens qui s'étaient pré-
sentés pour être utiles dans la fête, il
y en avait beaucoup qui n'avaient
songé qu'à être utiles à eux-mêmes.
Du nombre de ceux-là était sans
doute un homme d'une taille élevée ,
dont tous les membres annonçaient la
vigueur; mais d'une physionomie
dure et repoussante. Ses vêtemens
étaient grossiers et mal en ordre. Fabrice le repoussa d'abord; mais cet
homme revint à la charge avec opi-
niâtreté; il insista en assurant qu'il
serait propre à tout, et que sa force
pourrait être utile en plus d'une occasion ; enfin il allégua qu'il avait
besoin de travailler pour vivre , et
qu'il se trouvait en ce moment sans
ressources. Fabrice, pressé par cet
homme , tourmenté d'ailleurs de tant
de soins , accepta ses services , quoiqu'avec répugnance, tant il est vrai
qu'il y a des pressentimens dont on
ne peut se rendre compte. Cet homme

ne fut pas plutôt admis, qu'il se mêla à la foule des ouvriers et des gens occupés, et que tout en partageant leurs travaux, il parcourut le château, en examina la distribution, et porta partout un œil moins curieux qu'indiscret.

Cet homme, dont l'entrée au château de Vargas devait faire concevoir de sinistres présages, était ce Judas Varech, ce pirate de la *Tempête*, qui allait être fusillé à la place de Fernand-Carlos, lorsqu'il s'élança dans la mer comme un requin qui cherche son élément. On avait tiré sur lui quelques mousquets qui ne l'avaient pas atteint, et, à la faveur de l'obscurité, il avait gagné le rivage. Le capitaine Selder ne s'en inquiéta point; il lui suffisait d'en être débarrassé, et Varech jura dans son âme de se venger, et de l'Homme à deux têtes, et de sa libératrice.

Il erra long-temps sur le rivage, se

coucha dans le creux d'un rocher, et, le lendemain au jour, il alla demander à manger dans la cabane d'un pêcheur. Il s'adressa justement à celle où s'étaient arrêtés quelques jours avant, Manuel et ses compagnons de voyage; et il trouva les habitans de cette chaumière encore émerveillés de leurs hôtes et de la générosité avec laquelle ils avaient été payés de quelques momens d'hospitalité. La vue de l'or réveilla la cupidité de Varech, et l'avarice se joignant au désir de la vengeance, il fit mille questions pour se mettre sur la trace de Fernand-Carlos et de Gusman. Il ne lui fut pas difficile de découvrir le château de Vargas, et la fête que l'on y préparait lui donna le moyen de s'y introduire, comme nous l'avons vu. Les âmes féroces n'ont pas besoin de motifs particuliers pour se porter au crime, et Varech, outre ses penchans naturels, avait le prétexte de la ven--

geance. Il errait dans cette enceinte
où l'on préparait des plaisirs, méditant le vol et le meurtre, comme Mil-
ton peint l'esprit des ténèbres se ca-
chant dans les bosquets du paradis
terrestre, et méditant la chûte de nos
premiers parens.

# CHAPITRE VIII.

M'amuser, n'importe comment,
Fait toute ma philosophie;
Je ne crois perdre aucun moment
Hors le moment où je m'ennuie,
Et je tiens ma tâche remplie
Pourvu qu'ainsi, tout doucement.
Je me défasse de la vie.

*L'abbé* PORQUET.

Le grand jour était arrivé. Dès la veille
les personnes les plus éloignées étaient
descendues au village, et comme chacun pense à son intérêt, les paysans
avaient transformé leurs chaumières
en auberges. Les amis plus intimes
avaient trouvé des logemens au château; Fernand-Carlos y avait repris,
comme de raison, son ancien appartement. Dès qu'il fit jour, des musi-
ciens se répandirent dans les environs,
et allèrent donner des aubades aux

dames qui, se promettant du plaisir, ne furent point paresseuses ce jour-là, sans que cela dùt tirer à conséquence pour l'avenir. On commença toutes les toilettes avec plus ou moins de prétentions, selon que la nature avait plus ou moins souffert des outrages du temps : c'est dire assez que les jeunes personnes étaient prêtes depuis long-temps, quand les mères, les tantes ou les sœurs aînées sortirent de leurs chambres.

Le soleil s'était levé pur et sans nuages, et promettait la plus belle journée que l'on pùt désirer. La société arriva en foule et trouva des buffets garnis de toutes sortes de viandes, de fruits et de pâtisseries, afin que chacun pùt déjeûner à sa fantaisie, et que les personnes qui se connaissaient pussent former des réunions particulières, en attendant la réunion générale.

Fabrice, transformé en intendant,

introduisait les conviés aussitôt que Québrantador avait fait l'inspection des lettres d'invitation, le pont-levis devant être haussé aussitôt que la compagnie serait réunie, pour éviter que des inconnus ne se glissassent dans le château, et qu'il n'y eût cohue et confusion.

Don Gusman, vêtu avec la plus grande élégance, faisait les honneurs de son château avec cette aisance et cette politesse qui distinguent les gens habitués à vivre dans la haute société. Galant avec les femmes, affectueux avec les hommes, il semblait se multiplier pour être par-tout à la fois.

Fernand-Carlos avait prévenu son cousin qu'il assisterait d'abord à la fête sans se découvrir : mais le bruit s'était répandu qu'un homme extraordniaire habitait le château. La curiosité une fois éveillée ne connaissait plus de frein, chacun se faisait un

monstre à sa manière; les uns di-
saient que c'était un nain, les autres
que c'était un géant; ceux-ci lui
donnaient trois tête, six bras et six
jambes comme à *Géryon*; ceux-là n'é-
taient pas loin de lui donner cent bras
comme à *Briarée*. Il n'y avait d'autre
moyen d'arrêter le délire des imagi-
nations, que de faire voir Fernand-
Carlos, qui n'avait rien de repous-
sant, et dont la belle stature suppor-
tait même avec grâce ses deux têtes.
Dans les premiers momens il y eut
un empressement extrême, c'était à
qui s'approcherait de plus près, à qui
le verrait et lui parlerait: on brûlait
d'entendre une de ses paroles, de tou-
cher sa main ou son habit; mais aussitôt qu'il n'y eut plus d'obstacle, et
qu'il eut répondu à quelques personnes, l'enthousiasme cessa, la curiosité
s'apaisa, et les jeux ne furent pas
plutôt commencés, que la foule avide
de plaisirs, ne s'inquiéta plus si Fer-

nand-Carlos avait deux têtes ou s'il n'en avait qu'une, il se trouva même bientôt tout-à-fait isolé. Il en est de même de tout ce qui provoque l'enthousiasme de la multitude. Les grands acteurs qui paraissent sur la scène du monde, comme ceux qui se montrent sur les théâtres, excitent, à leur début, l'intérêt et la curiosité. Princes, ministres, héros, attirent d'abord tous les regards; toutes leurs paroles semblent divines, toutes leurs actions paraissent sublimes. Quand le prestige de la nouveauté est évanoui, les débutans rentrent dans la tourbe des acteurs, et les grands personnages dans la foule des hommes vulgaires. Il n'y a que les vrais talens ou les hautes vertus dont l'éclat ne soit pas éphémère, et dont la splendeur s'augmente au contraire avec le temps. Telles furent les réflexions de Carlos, qui dit à son frère: je vois qu'il suffisait de nous montrer à découvert

une fois, pour qu'il ne soit plus besoin de nous cacher désormais. Si, dès
notre enfance, on nous avait laissé la
liberté, et que nous eussions toujours
paru en public, on se serait accoutumé à
nous, et on eut bientôt cessé de nous
remarquer. Profitons donc de cette
épreuve, continuons à voir le monde,
et, en rentrant dans la vie commune,
peut-être y trouverons-nous des
ressources pour notre existence fu-
ture. Le mouvement, la gaieté, le tourbillon de la fête enchantaient les deux
frères qui avaient vécu jusqu'alors
dans la retraite, et qui, par une fatalité singulière, n'avaient rencontré
au dehors que des images funèbres.
Cependant, tous les deux ne s'exal-
taient pas avec la même violence, et
leurs impressions étaient aussi différentes que leurs caractères. Les courses de bagues les amusèrent d'abord :
mais les joûtes à la lance, qui figurè-
rent une espèce de tournoi, les inté-

ressèrent bien davantage. Les trompettes sonnèrent, et tout le monde
courut se placer sur les gradins qui
entouraient l'arène. Là, au milieu des
femmes brillantes que leurs riches pa-
rures faisaient admirer, une jeune et
jolie personne se faisait remarquer par
le contraste de sa mise simple et de
sa grande beauté dont la nature seule
faisait tous les frais. Les yeux de Carlos n'eurent pas de peine à reconnaî-
tre Angéla, elle était entre sa mère et
Manuel, dans une des places les moins
apparentes; mais eût-elle été plus
cachée encore, Carlos n'eût pas été
long-temps sans la voir. Fernand
s'aperçut que son frère éprouvait une
vive émotion, et il n'eut pas de peine
à en deviner la cause. Lui-même, il
porta ses regards sur Angéla, mais il
n'éprouvait plus les mêmes sentimens que lorsqu'il l'avait vue pour la
première fois. A peine alors connais-
sait-il les femmes, il n'en avait vu que

d'âgées; et, dans ce moment, ses regards étaient éblouis par une réunion
brillante, où les grâces, la jeunesse,
la beauté formée, se disputaient le
droit de plaire aux yeux et d'enchaî-
ner les cœurs. Les attraits touchans
d'Angéla lui avaient fait éprouver les
premiers symptômes de l'amour; la
beauté piquante de Zerbine lui avait
fait sentir ceux de l'inconstance; et
quand le cœur d'un homme hésite entre deux objets, il est prêt à voltiger
vers tous ceux qui séduiront ses sens.

Il n'en était pas de même de Carlos:
il était né pour les impressions profondes et les affections durables. A
peine vit-il la joûte; il ne prit aucun
intérêt aux coups de lance, à la chute
des vaincus, à la gloire des vainqueurs;
il voyait Angéla, il ne voyait qu'elle.

Cependant Québrantador qui remplissait l'office de maréchal-de-camp,
faisait ouvrir et fermer la lice, jugeait
les coups avec une impartialité che-

valeresque, et regrettait de ne pas en
porter lui-même, comme au tournoi
de Charles-Quint. Il s'était revêtu
d'une vieille armure qu'il avait trouvée dans la salle d'armes du château,
et ne ressemblait pas mal au valeureux
don Quichotte. Les cavaliers avaient
déjà rompu quelques lances avec une
vigueur et une adresse qui avait ob-
tenu les applaudissemens de l'assemblée, lorsque celui qui avait été jus-
ques là le vainqueur, fit demander,
avant de se retirer, si personne ne
voulait lui disputer la couronne qui
devait lui être remise par l'une des
dames de la société. Pendant qu'il
faisait faire cette demande à haute
voix, maniant son cheval avec grâce,
il fit le tour de la lice, et salua, en pas-
sant, toutes les dames de sa connaissance. On avait laissé au vainqueur le
droit de nommer la personne dont il
voulait tenir la couronne, et ce choix
devait la faire proclamer reine du

tournoi. Le cavalier songeait donc à faire son choix, lorsque les trompettes sonnèrent et que l'on vit paraître un nouveau concurrent.

Quoiqu'il soit dans l'usage des romanciers de ménager des surprises à leurs lecteurs, sur-tout dans les romans de chevalerie, où les inconnus, qui viennent disputer le prix au vainqueur, éveillent l'intérêt et la curiosité, et produisent de grandes surprises, je ne chercherai point à cacher que le cavalier, aux armes rouillées, qui parut, à l'entrée de la lice, monté sur un petit cheval gris, était le vaillant Québrantador, qui n'avait pu résister au désir de renouveler les exploits de sa jeunesse. Il avait ordonné à un domestique de courir à l'écurie, de seller un cheval à la hâte, et de le lui amener. Le premier, que ce domestique avait trouvé sous sa main, était le petit cheval gris avec lequel nous avons déjà fait connaissance, et que Fabrice assurait être sorcier. Québrantador aurait été fort aise qu'on lui en eût amené un autre ; mais il n'avait pas le temps de choisir, et il sauta sur sa monture, en ordonnant qu'on lui ouvrît la barrière. Le cheval était petit, et Québrantador d'une haute taille, de sorte que les jambes du cavalier touchaient presqu'à terre, et que les étriers, trop courts, ballottant sur ses jambes, rendaient, en frappant sur les jambières de fer, le son d'une sonnette fêlée.

Tout le monde fut surpris de la tournure de ce chevalier, et le vainqueur, qui s'était retourné au bruit des trompettes, se mit en attitude de recevoir ce nouvel ennemi.

Québrantador brandit sa lance, et donna de l'éperon à son coursier : mais le petit cheval gris n'eut pas plutôt senti ou aperçu Manuel à l'angle de l'arêne, qu'au lieu de courir

droit à l'adversaire de son cavalier, il
s'élança, au galop, vers son maître.
Le chevalier, qui s'avançait, avec im-
pétuosité, vers Québrantador, fut
bien surpris quand il le vit tourner
vers la droite, et fuir à bride abattue.
Il arrêta son cheval, et attendit la fin
de cette aventure. Québrantador, fu-
rieux, avait beau tourner la bride et
faire sentir les éperons, le petit cheval gris hennissait, se cabrait et faisait des courbettes. Tout le monde
riait de l'embarras du pauvre cavalier. Manuel, se levant, flatta le cheval, lui adressa quelques mots ; et, à
sa voix, le cheval se calma, et se retourna à la grande satisfaction de
Québrantador. Son adversaire, qui
l'attendait, se remit en posture, et
s'avança cette fois au petit trot; mais
le malin petit cheval gris, prenant sa
course comme s'il eût fait le manége,
fit faire à Québrantador le tour du
cirque ; et, arrivé à l'entrée, il fit un

saut de mouton qui étendit Québrantador tout de son long par terre, et il
s'enfuit à toutes jambes du côté de
l'écurie. Les éclats de rire de l'assemblée retentirent au fond du cœur du
soldat de Charles-Quint. Son adversaire le joignit; et, l'aidant à se relever, l'assura qu'il le tenait pour un
brave, qu'il ne devait point se considérer comme vaincu, puisqu'il n'é-
tait tombé que par la faute de son
cheval, et il lui offrit, pour le consoler, de combattre à pied. Québrantador le remercia de sa civilité ; mais il
s'excusa sur ce qu'il était moulu de sa
chute, et que son armure ne lui per-
mettrait guère d'agir avec la légéreté
nécessaire dans ce genre de combat.
Il se retira en boitant, pestant contre
sa mésaventure, et donnant au diable
tous les chevaux gris du monde.

Le cavalier vainqueur, leva alors la
visière de son casque, et l'en vit don
Gusman, lui - même, qui s'excusa

d'avoir été assez incivil pour remporter, chez lu i le prix d'un tournoi ; il refusa de se faire couronner, disant que ce serait une injure aux cavaliers qu'il avait réunis. Tout le monde exigea cependant qu'il nommât sa dame, et qu'il fît une reine de la fête ; il s'en défendit long - temps, disant que, comme il était chez lui, une préférence, de sa part, serait un manque d'égards pour les dames qui n'auraient pas été choisies, et il proposa, si l'on voulait absolument une reine, que l'on s'en remît au hazard, ou à la pluralité des voix. Les dames trouvèrent que l'expédient du hazard était préférable à tout autre, parce qu'il ne blesserait aucun amour-propre. Les noms de toutes les dames furent jetés dans le casque de don Gusman, et on fit approcher un enfant pour tirer celui qui devait être proclamé.

Quoique cette royauté fût, en elle-même, bien peu importante, qu'ellene donnât que des prérogatives aussi vaines que passagères, cependant tous les cœurs battaient lorsque l'enfant mit la main dans le casque. Tous les yeux se fixaient sur le billet qu'il tira, et l'on eût dit qu'il s'agissait d'un royaume, au bourdonnement confus et inquiet qui s'éleva lorsque Gusman prit le billet des mains de l'enfant. Il pria un autre cavalier de le développer et de le lire, et ce cavalier prononça, à haute voix, le nom d'Angéla.

Le cœur de Carlos tressaillit en voyant la jeune fille pâlir d'abord, et, bientôt après, se couvrir du doux incarnat de la pudeur.

Quelle est cette Angéla, se demandaient toutes les femmes nobles et titrées que réunissait l'enceinte? Don Gusman s'avança vers elle, et lui dit, à demi-voix : — Mon cœur vous avait nommée.

— Soyez prudent, vous avez ici un

rival, dit, à l'oreille de Gusman, une voix qui le fit tressaillir et qui ne lui sembla pas inconnue. Il se retourna, et ne distingua pas, dans la foule, la personne qui lui avait parlé ; mais, comme il allait offrir la main à Angéla, il vit, auprès de lui, Fernand-Carlos qui s'approchait avec empressement. Fernand le félicita sur sa victoire ; et, pendant ce temps, Carlos offrit sa main à Angéla, qui n'osa la refuser et qui trembla en l'acceptant.

Tous les cavaliers allèrent se débarrasser de leurs armures, tandis que l'on se disposait à passer dans la salle de verdure où Fabrice avait fait élever un fort joli théâtre pour représenter sa pastorale. Le choix de son sujet annonçait des intentions classiques, il restait à savoir si l'exécution répondait aux bonnes intentions du poète.

Le théâtre, à cette époque, était bien loin de sa perfection : il était, à

6 *

peine, à sa renaissance. Les *autos sa-cramentales* étaient, à peu près en Espagne, ce que furent, en France, les *Mystères*: que nos pélerins et nos dévotes confréries jouaient, sur des trétaux, à la porte des églises, et dans lesquelles Dieu, les anges, les saints et le diable jouaient des rôles. Le Tasse, ce poète divin, venait de donner son *Aminte*, pastorale charmante, qui respire cette mollesse, cette douceur et ces grâces particulières à la poésie italienne. L'*Aminte* fut la première comédie pastorale, son auteur fut le premier qui porta l'idylle sur le théâtre; il fut l'inventeur de ce genre de poésie que les anciens n'avaient pas connu. Fabrice ne pouvait choisir un meilleur modèle; mais un écolier peu exercé risque de s'égarer sur les traces d'un grand maître. Les meilleures inspirations ne produisent rien de bon, sans le goût qui les met en œuvre. Fabrice avait gardé un peu de ce qu'on appelle la poussière de l'école ; mais il n'avait fait que des études de contrebande, et il n'avait pu, dans les antichambres, ni mûrir ses connaissances, ni former son goût. Il ressemblait, en cela, à beaucoup de pédans de nos jours, qui se croyent de grands hommes parce qu'ils savent ou croyent savoir *ce que d'autres ont dit avant eux*, parce qu'ils ont garni les cases de leur mémoire d'une grande quantité de mots barbares ou d'un lourd fatras de compilations indigestes ; mais qui ne sauraient faire aucune application utile de leur triste et pédantesque bagage : qui, ignorant l'art d'être utiles à l'humanité , sont étrangers aux usages les plus simples de la vie, et qui, enfin, n'ont jamais sacrifié aux grâces.

Le pauvre Fabrice avait fait un mélange confus de la mythologie et du christianisme. Il avait mis dans sa pièce l'amour et le diable, Vénus et

saint Jacques de Compostelle. Il avait,
en cela, pour excuse, l'exemple de la
plupart des poètes contemporains qui
faisaient des pièces tout aussi bizarres
que la sienne, et qui n'en obte-
naient pas moins les applaudissemens
de la multitude. Cervantes, lui-même,
si inimitable dans son roman immor-
tel, faisait alors des pièces de théâtre
aussi mauvaises pour la conception
que celle de notre auteur. Fabrice
avait vu jouer, à Madrid, *l'Heureux
Rufien* (1). Le héros de cette pièce
est, au premier acte, le plus grand
coquin de Séville. Au deuxième acte,
il se fait jacobin au Mexique, et ré-
siste à toutes les tentations du diable
qui lui fait toutes sortes de tours. Au
troisième acte, il meurt et fait des
miracles. Voilà la comédie de ce
temps-là. On me pardonnera cette

---

(1) Entremetteur, homme de mauvaise
vie.

petite digression, qui a pour but de rappeler à mes lecteurs l'époque où se passe notre scène.

Tout le monde était donc placé devant le théâtre de verdure, et Angéla sur le devant, ayant auprès d'elle Carlos. A côté de Fernand, se trouva, comme par hasard, une femme qui s'y était placée avec intention. La senora Sirèna comptait près de six lustres ; mais sa beauté, qui avait été remarquable, avait encore quelque chose de très-séduisant. Cette femme, dont la jeunesse avait été livrée à la galanterie, était conservée comme toutes les personnes qui n'ont éprouvé ni chagrins, ni contrariétés, et qui se sont laissé vivre en cédant au torrent de leurs passions. Ce ne sont pas tant les plaisirs qui usent la vie, que les soucis et les inquiétudes qui les accompagnent chez les âmes ardentes. Il y a dans les cœurs froids un préservatif contre les maux de l'âme,

qui contribue merveilleusement à la
conservation du corps. La senora Si-
rena s'était livrée, sans réserve, à l'é-
goïsme du plaisir, au point, même,
de lui sacrifier la seule chose qui reste
à beaucoup de femmes, l'apparence.
D'ailleurs, comme elle était d'une haute
naissance, qu'elle avait de l'esprit,
des talens brillans et une grande
amabilité, on pouvait d'autant moins
s'empêcher de la recevoir, qu'elle
n'attendait souvent pas qu'on l'invi-
tàt. Fernand-Carlos, placé entre cette
femme et Angéla, était précisément
l'homme entre le vice et la vertu.

Sirèna, dans son insouciante pro-
digalité pour tout ce qui tenait à ses
caprices, avait dissipé sa fortune, et
ne la regrettait que dans la crainte
de ne pouvoir acheter les plaisirs qui
ne viendraient plus s'offrir d'eux-
mêmes. La grande fortune, dont elle
apprit que jouissait Fernand-Carlos,
lui fit naître l'idée de prendre de l'as-

cendant sur lui ; ce qu'elle croyait d'autant plus facile qu'il n'avait point d'expérience, et qu'elle ne supposait pas devoir rencontrer de rivale.

Fernand, qui n'avait encore trouvé aucune femme qui semblât vouloir entendre le langage de son cœur, fut vivement ému des prévenances de dona Siréna, et se livra, sans réserve, à toute la fougue de son imagination ardente. Il lui adressa les complimens les plus flatteurs, et ne cessa de causer avec elle, tandis que Carlos échangeait, à peine, quelques paroles avec la timide Angéla.

La pastorale de Fabrice commença. Le prologue, ou l'exposition, se faisait par Vénus qui venait se plaindre de la fuite de son fils. L'actrice qui représentait Vénus était une grande jeune fille d'un blond fade, extrêmement blanche, dont les formes étaient très-prononcées, et dont les grands yeux bleus étaient ouverts sans aucune

expression. Elle s'avança d'un air gauche, et, pour cette fois, on vit que
Vénus n'était point accompagnée des
Grâces. Son débit ressembla tout-à-
fait à sa démarche, et elle dit :

Je viens en ce séjour, et j'ai quitté les cieux
Où comme une puissante reine
Je brille et je fais voir ma grandeur souveraine,
Et je cherche mon fils qui fuit loin de mes yeux !

Elle prononça ces vers comme si elle
eût dit : *Je viens ici et je sors de ma
chambre, où je m'habillais, et je cherche mon dé que j'ai perdu.* Puis, s'arrêtant, faute de mémoire, elle se
tourna vers le côté du théâtre, et
ajouta : Entrez, vous autres, car il
m'en a mis trop long, et je ne me souviens plus de toutes ses balivernes.

Fabrice qui tenait son manuscrit
pour aider la mémoire de ses acteurs,
avait beau la souffler, elle n'ouvrit
plus la bouche, et resta comme une
statue. Le pauvre auteur se désolait
de ce qu'on n'entendrait pas l'exposi-

tion de sa pièce, et sur-tout de ce que l'on perdait un morceau d'éloquence sur l'effet duquel il avait compté. S'avançant donc avec dépit, il demanda pardon à l'assemblée pour son actrice intimidée, et supplia qu'on voulût bien l'encourager. Se tournant ensuite vers elle, il la pria de débiter ses vers, afin qu'on sût qui elle était. — Tout le monde me connaît, répondit naïvement la fille : je suis Biondetta Lorenço, fille du bedeau de la paroisse. — Mais non, lui dit Fabrice en colère : Vous êtes Vénus! dites au moins au public l'essentiel, ce qui constitue le sujet de ma pièce, et apprenez à l'assemblée que vous promettez deux baisers à celu qui vous ramènera votre fils. — Bah! bah! dit Biondetta : deux baisers! voilà une belle affaire; depuis que vous me faites répéter votre belle comédie, je vous en ai donné plus de trente!

T. 7

A cette naïve répartie, il s'éleva un éclat de rire universel qui déconcerta l'actrice au point qu'elle s'enfuit; et, pour tout au monde, ne voulut plus reparaître. Il était impossible de continuer la pièce sans l'actrice principale. Don Gusman consola Fabrice, qui voulait à toute force lire son poëme; il lui promit qu'une autre fois on en entendrait la lecture; il l'assura même qu'il se chargerait de l'envoyer aux comédiens de Madrid, et qu'il le ferait représenter, *par ordre*, par les comédiens de la troupe royale. Il engagea ensuite l'assemblée à jouir des divers plaisirs qu'on lui avait préparés, tels que la danse, la musique et le jeu; car on avait dressé des orchestres à différens endroits, et des tables de jeux dans plusieurs pièces, pour ceux qui préféreraient ce plaisir à d'autres.

Lorsque dona Siréna se leva, Fernand lui offrit son bras avec empressement, et il continua avec elle sa conversation animée, oubliant en ce moment le reste de l'univers et même son inséparable Carlos, qui regarda tristement Angéla, et fut entraîné loin d'elle en un instant. Les discours de Fernand devenaient d'autant plus passionnés qu'ils étaient écoutés favorablement par Siréna.

Bientôt un bosquet solitaire leur offrit son doux ombrage contre la chaleur du jour. Dona Siréna paru désirer y prendre un instant de repos ; Fernand-Carlos y entra avec elle, et s'assit sur un banc de verdure, sous une touffe de rosiers et de genêts odoriférans qui parfumaient l'air et portaient aux sens les plus douces impressions. Ce bosquet est charmant, dit Siréna. Combien le mystère et la solitude offrent d'attraits à l'âme sensible ! Éprouvez-vous comme moi, Fernand, ce besoin d'isoler ses pensées pour les reposer ensuite sur

l'unique objet qui les fait naître. —
Depuis que je vous ai vue, répondit
Fernand, je n'en ai plus qu'une, c'est
celle de vous plaire et de vous consacrer ma vie! — Mais, hélas! dit Siréna en poussant un soupir, il faut
arrêter, pendant qu'il en est temps
encore, le penchant mutuel qui nous
entraîne. Un obstacle invincible sera
toujours entre nous. — Non, madame, non, dit Fernand avec feu :
cet obstacle ne sera pas toujours entre vous et moi? — Je ne puis vous
comprendre, dit Siréna. — Et je ne
puis m'expliquer en ce moment, reprit Fernand ; mais, belle Siréna,
ajouta-t-il à voix basse, et se penchant tout près de son oreille : si
vous daignez m'entendre, si vous
m'accordez la facilité de m'expliquer,
je vous apprendrai qu'à certaines
heures de la journée, le sommeil
profond de l'un de nous, isole l'autre
de l'existence de son frère. Je ne puis,

je n'ose vous en dire davantage ; mais ce soir, si vous vouliez vous retrouver ici, à la nuit tombante ; je pourrais vous parler comme si nous étions absolument seuls , et j'ai tant de choses importantes à vous dire !...— Je reviendrai, dit Siréna , mais par curiosité. — Quoi! dit Fernand, sans qu'un autre sentiment ?...... — Paix , dit Siréna en l'interrompant ; nous ne sommes pas en ce moment sans témoins. Elle se leva, et présenta sa main à Fernand qui la saisit, la porta à ses lèvres, et l'y pressa avec transport. C'était la première fois qu'une semblable faveur lui était accordée. Il avait au doigt un superbe diamant. Avant de quitter la main de Siréna, il la pria d'ôter la bague qu'il avait à son doigt. Elle l'ôta comme pour la considérer. Ce diamant, dit-elle, doit être d'un prix très-considérable ; je n'en ai jamais vu de plus beau. — Il n'est pourtant pas digne

d'une aussi belle main, reprit Fernand; cependant, permettez-moi de
l'y laisser, dit-il, en le mettant au
doigt de Siréna, et qu'il vous rappelle la promesse que vous m'avez
faite de vous retrouver ici ce soir.

Comme Siréna allait répondre, elle
entendit quelque bruit derrière le
feuillage. — Séparons-nous, dit-elle,
quelqu'un vient de ce côté ; nous nous
retrouverons à la salle de jeu. En disant ces mots, elle s'éloigna rapidement, et laissa Fernand dans l'ivresse
du désir et de l'espoir.

~~~~~~~~~~~~~~~~~~~~~~~~~~~~~~~~~~~~~~~~~~~~~~~~~~

# CHAPITRE IX.

Cette fière raison dont on fait tant de bruit ,
Contre les passions n'est pas un sûr remède ;
Un peu de vin la trouble, un enfant la séduit.

Madame DESHOULIÈRES.

FERNAND-CARLOS n'était plus le
même homme. Un avenir nouveau
s'ouvrait devant lui. Les objets avaient
pris un autre aspect. La nature lui
paraissait riante. Son sein se dilatait,
son âme semblait se préparer à l'impression d'un plaisir qu'elle ignorait
encore, mais que son imagination pa-
rait des charmes les plus ravissans. Sa
pensée volait au-devant de la réalité,
et une vague inquiétude lui faisait
sentir le besoin de remplir par quelque agitation de l'âme le vide que
laissait l'intervalle qui devait s'écou-
ler. Il arriva ainsi à une salle où plusieurs hommes étaient à table et fai-

saient briller dans leurs verres les li-
queurs aromatiques qui recélaient
tout le feu du climat brûlant d'où
elles venaient. Déjà cette troupe de
buveurs était en pointe de gaieté.
On invita Fernand-Carlos à trinquer.
Fernand accepta, quoique son frère
lui dit à l'oreille : Prends garde, Fernand, nous ne sommes point accou-
tumés à ces boissons fortes et spiri-
tueuses , tu vas troubler ta raison.
Fernand n'était pas en état de l'entendre. L'ivresse de l'amour l'avait
disposé à toutes les autres; il se mit à
table , et partagea bientôt la joie
bruyante des convives. L'air triste de
Carlos faisait le plus singulier contraste avec la figure animée de son
frère.

Par saint Jacques, dit un de la
troupe, vous avez deux bouches et ne
buvez que d'une seule ! Allons, allons,
compagnon, imitez donc votre frère ,
dit-il en présentant un verre à Carlos. — Je vous rends grâces, dit dou-

cement celui-ci : je dois garder ma
raison de peur que mon frère ne
perde la sienne. — Il sera curieux,
dit un autre, de voir l'une des deux
têtes dans l'ivresse, et l'autre conserver son sang-froid. — Allons, Carlos,
dit Fernand, pourquoi cette réserve ?
Ce jour est consacré au plaisir; vidons
sa coupe. — Tu es libre, répondit
Carlos, laisse-moi ma liberté. Le bonheur te sourit, ou du moins tu en ca-
resses l'image, et moi, je n'ose me li-
vrer même à l'espérance qui est le
bonheur des malheureux !

Fernand n'osa pas insister : il aurait voulu, cependant, se débarrasser
par l'ivresse d'un témoin incommode
pour ses projets du soir. Il ne vit
d'autre parti à prendre que celui de
s'étourdir lui-même, et il partagea
bientôt la gaieté bruyante des buveurs.

Aucun spectacle n'est plus hideux
que celui de la débauche pour l'homme

de sang-froid ; mais combien il devait être plus pénible pour Carlos qui, n'y prenant aucun plaisir, et ne partageant point l'orgie, sentit néanmoins les fumées du vin lui monter au cerveau. Sa langue s'embarrassa, ses yeux se couvrirent d'un voile, et quand il voulut supplier son frère de ne pas pousser plus loin son ivresse, il ne put achever son discours, tant ses idées étaient confuses et troublées. Tous les convives s'aperçurent de cet effet de l'union intime des deux frères, et les reflexions que cela fit naître portèrent leur gaieté au plus haut degré. L'un d'eux proposa de quitter la table pour aller jouer; et cette proposition fit souvenir Fernand que dona Siréna lui avait dit qu'elle se trouverait dans la salle de jeu, il se leva donc avec les autres, et les suivit en chancelant. Fernand-Carlos devait faire ce jour-là son cours de passions humaines. Il vit, pour la pre-

mière fois le tableau des fureurs de la
cupidité, des anxiétés de l'avarice,
des joies honteuses, et du désespoir
qu'on ne peut plaindre. Autour d'une
table couverte d'or, étaient assem-
blés des hommes qui gardaient un
profond silence, et dont les yeux in-
quiets semblaient chercher un secret
dans la physionomie de leurs adver-
saires. On eut dit des conspirateurs
craignant de se trahir les uns vis-à-vis
des autres. Quelques mots échangés
d'une voix sourde leur suffisaient pour
s'entendre, l'or roulait de l'un à l'autre, celui-ci se levait avec transport,
celui-là se tordait les mains et courait
cacher sa honte, et son avidité trahie.

Des joueurs plus nobles et moins
sensibles aux chances de la fortune ris-
quaient leur or avec une insouciance
qui pouvait faire douter du plaisir
qu'ils prenaient au jeu, et qui avait
l'apparence de ce mépris des richesses
tant vanté par les stoïciens, mais qu'on

affiche plus qu'on ne le pratique. Du nombre de ceux-là était don Gusman qui gagnait avec indifférence, perdait sans attention, et subissait toutes les variations du jeu avec une gaieté et une égalité inaltérables : il aperçut Fernand-Carlos. Eh bien, mon cousin, dit-il, il faut essayer de tout, aujourd'hui ; j'ai appris de vos nouvelles : mes bosquets ont entendu vos soupirs ; vous avez fait honneur à un banquet joyeux, Bacchus et l'amour ont eu vos hommages ; est-ce que vous ne voulez pas aussi sacrifier à Plutus ? prenez place à cette table. — Carlos, parlant le premier, s'excusa sur qu'il ne savait pas jouer. — Il n'y a pas de science parmi nous, répliqua don Gusman. Le hazard seul est ici notre guide ; il égalise les chances, il nous élève et nous abaisse, nous enrichit à son gré ; c'est comme dans le monde ; le mérite n'a aucune part à notre fortune. Fernand se laissa tenter, non par le dé-

sir du gain, mais par un entraîne-
ment singulier qu'exerce sur nous tout
ce qui offre des chances. Ces vicissitudes amusent l'âme en lui donnant
du ressort. Sa tête d'ailleurs n'était
pas bien calme, il se mit au rang des
joueurs, et couvrit toutes les mises
par des poignées d'or qui allumèrent
la convoitise des joueurs subalternes.

Le bonheur le favorisa d'abord, et
il gagna tout ce qu'il y avait sur la
table. Ce succès l'enflamma, et l'ardeur du gain fut éveillée par le gain
même qu'il venait de faire. Le jeu est
comme une boisson qui altère; plus
on s'en abreuve et plus on en désire.
Quelques joueurs se présentaient, per-
suadés que la fortune ne pouvait être
long-temps constante, et qu'un bonheur aussi rapide serait passager. La
chance favorisa toujours Fernand, au
point qu'aucun adversaire n'osa plus se
présenter. Il triomphait, lorsque Gusman, avec l'indifférence apparente de

ce qu'on appelle un beau joueur, demanda une revanche, que Fernand
accepta.

Tout le monde fit cercle autour de
la table avec autant de curiosité et
d'intérêt, que s'il se fut agi du destin
de l'univers.

Qu'allons - nous jouer, demanda
Fernand? — Non pas de l'or, je n'en
ai plus; mais ce château que vous
m'aviez cédé. — Volontiers, dit Fernand, et avec d'autant plus de plaisir
que je le regrettais. — Vous le re-
gretterez bien plus tout à l'heure, dit
Gusman en riant. Prenez ce cornet,
et jettez les dez. — Va le château!
Gusman amena dix-sept points : tous
les spectateurs parièrent pour lui.
Fernand jeta ses dez, et amena trois
six.—Le château vous appartient, dit
Gusman sans se déconcerter. Jouons
le contrat que vous m'aviez fait pour
soutenir le nom de Vargas. J'espère
en doubler la valeur.— Va le con-

trat, répliqua Fernand. — Prenons quatre dez pour varier la chance, dit don Gusman. —Volontiers, répondit Fernand. Ils changèrent les dez, en prirent chacun quatre, les cornets s'agitèrent, et les spectateurs, le cou tendu, retenant leur haleine, attendaient avec impatience le résultat de cette intéressante partie. Cette fois c'était à Fernand à jeter les dez; il amena quatre six. — Je suis ruiné, dit tranquillement don Gusman, en se levant, vous rentrez dans vos biens, dans votre château..... Fabrice, qui était derrière son maître s'écria : Eh, Monsieur, jetez donc vos dez. Vous pouvez amener le même point, le coup sera nul, vous recommencerez, et vous pouvez regagner votre contrat. — Fabrice a raison, dit Fernand. Il a raison, dit tout le monde. Il ne faut jamais abandonner la partie.— Je ne suis pas en bonheur, répondit Gusman : viens Fabrice, jette

les dez pour moi. — Quoi! vous voulez, mon cher maître ! — Dépêches-
toi, interrompit don Gusman, je suis
pressé de savoir mon sort.—Mais mon
cher maître, si j'amène un mauvais
point, vous me reprocherez votre
ruine. — Du tout, reprit Gusman;
tiens, voici le cornet.

Fabrice le saisit d'une main tremblante, l'agita, leva les yeux au ciel,
le jeta enfin sur la table, et amena
quatre as. Gusman partit d'un grand
éclat de rire. « Mon cher Fabrice,
dit-il, tu viens de perdre toi-même
ta pension de retraite; tu n'auras pas
de reproches à me faire. » Après
avoir dit ces mots, il sortit avec beaucoup d'aisance, et se rendit dans la
salle où l'on dansait. Il fut suivi des
autres joueurs, qui dissimulaient
moins bien leur chagrin; et bientôt
Fernand-Carlos resta presque seul,
regardant comme un rêve ce qui venait de se passer. Je dis presque seul,

parce que Fabrice était resté immobile devant la table, les yeux fixés sur
les quatre malheureux as, qu'il mau-
dissait du meilleur de son cœur. — Que
fais-tu là? lui demanda Fernand. —
Hélas, Messeigneurs, répondit le pauvre garçon, je cherche à me persua-
der que tout ceci est une chimère,
une illusion, que mon cher maître
n'est pas ruiné, ni moi non plus, par
contre-coup. — Tu n'es qu'un domestique, reprit Fernand : eh bien,
si ton maître est ruiné, quitte-le
pour un plus riche.—Je le ferais,
répondit Fabrice, si c'était un maître comme un autre ; mais non ; j'é-
tais plutôt son ami que son valet; il
m'estimait, il connaissait mes qualités, et rendait justice à mes talens; il
devait faire représenter ma pastorale
à Madrid par la troupe royale! Non,
non, si je ne le sers plus, je n'en ser-
virai pas d'autre. Plus fier que l'esclave de Camoëns, je ne demanderai

7 *

pas l'aumône pour mon maître; je le ferai vivre du fruit de mon travail. Eh! qui sait si une réputation littéraire ne m'attend pas à Madrid, si le coup du sort qui me frappe ne m'abat pas pour me relever plus haut que je n'étais? La misère est la pierre de touche du génie; il s'endort sous les lambris dorés et sur les cousins de plume; il s'éveille piqué par l'aiguillon du besoin. Les greniers renferment plus de poètes que les palais, et la nécessité d'avoir de l'esprit en fait souvent trouver plus qu'on n'en veut. — Ta façon de penser est honorable, lui dit Carlos. Mon frère, ajouta-t-il, n'estimez-vous pas ce pauvre homme? — Oui, reprit Fernand, et mon estime pour lui ne sera pas stérile. Approche, dit-il à Fabrice; si j'en juge par ce que j'ai entendu de ta pastorale, tu ne ferais pas fortune avec tes vers, et tu pourrais bien n'être pas d'une grande utilité à ton maître. — Oh! Monseigneur, interrompit Fabrice piqué de ce qu'on dédaignait sa poésie, si vous aviez entendu mon imitation de Martial!... —Je ne veux pas l'entendre, dit Fernand. Ramasse l'or qui est sur cette table; je n'en ai pas besoin. Il était peut-être utile aux sots qui l'ont prodigué sans nécessité : tant pis pour eux; ils l'ont risqué, ils méritaient de le perdre. Pour toi, tu es un honnête homme; tu es attaché à ton maître, cela fait ton éloge et le sien; tu ne demanderas pas l'aumône pour lui; mais tu pourras le secourir s'il tombe tout-à-fait dans le malheur. Fabrice, stupéfait, n'en pouvait croire ni ses yeux, ni ses oreilles. Il hésitait, touchait l'or du bout du doigt, et regardait Fernand pour voir s'il parlait sérieusement. — Cet or est à toi, lui répéta Fernand en se levant; je te le donne : faut-il te le répéter cent fois ?

La tête de Fernand était un peu calmée; il songeait à son rendez-vous, et il attendait avec impatience le sommeil de son frère. Afin de le provoquer, il se retira dans un endroit écarté, et se jeta sur un lit de repos, où il roula dans sa tête mille pensées qui lui offraient les plus agréables images.

Fabrice, resté seul, se dit à lui-même: Je serais, sur ma foi, bien sot de refuser la plus belle occasion que je puisse trouver de ma vie. J'avais toujours entendu dire que les joueurs heureux étaient généreux; mais ceci surpasse tout ce que l'on peut croire. En parlant ainsi, il remplissait ses poches, son chapeau, son justau-corps. Il mit de l'or dans ses chausses, dans ses bottines, et il se hâtait de terminer son opération, craignant à tout moment d'être interrompu et pris pour un voleur. Quand il eut bien bourré ses vêtemens, et qu'il

voulut s'en aller, à peine put-il marcher : il se traîna vers sa chambre, à
petits pas, mettant doucement un
pied devant l'autre, de peur que le
bruit des espèces ne trahît sa fortune.
Ce fut bien pis quand il fallut monter
l'escalier ; il craignait à tout moment
d'être rencontré ; précisément il ren-
contra Québrantador qui, se trouvant un peu remis de sa chûte, se
rendait du côté de l'office pour se
consoler. Il resta immobile de peur
que la moindre chose ne le trahît.
Québrantador voulait l'emmener avec
lui ; mais Fabrice prétexta que son
maître lui avait donné une commis-
sion importante. Québrantador voulut alors lui prouver qu'il n'aurait pas
dû être vaincu dans le tournoi, et
qu'il savait manier la lance mieux
qu'aucun de ceux qui avaient com-
battu. Fabrice convint de tout ce
qu'il voulut, et ne trouva d'autre
moyen de le renvoyer qu'en lui di-

sant qu'on venait d'apporter à l'office
un panier de vin de Grenache qu'on
boirait sans lui s'il ne se dépêchait
d'y aller. Québrantador , qui ne pré-
férait à la gloire que le vin , se hâta
de se rendre à l'office , autant que ses
reins froissés lui permettaient de se
hâter ;  et Fabrice monta vers sa
chambre autant que ses bottes garnies
de réales et de ducats lui permettaient
de le faire. Il s'enferma à double tour,
se déshabilla, roula ses pièces d'or
dans ses mouchoirs, qu'il déchira
sans regret pour en faire des rouleaux,
et plaça le tout dans une valise de
cuir qu'il fourra sous son lit. Après
cette expédition, il n'osa plus quitter
sa chambre ; il tremblait qu'en son
absence on ne vînt chercher son tré-
sor , et que des voleurs ne s'en em-
parassent. Mille craintes chimériques
tourmentèrent son esprit ; il se résolut à passer la nuit en sentinelle et à
ne sortir de sa chambre qu'au grand

jour , lorsqu'un bruit inattendu le fit
changer de résolution. Il entendit des
cris affreux, et vit par la fenêtre toutes sortes de gens qui couraient à travers le jardin avec des flambeaux. Curieux de savoir d'où provenait ce dé-
sordre, il ferma soigneusement sa
porte, et courut du côté d'où venaient les cris.

———

~~~~~~~~~~~~~~~~~~~~~~~~~~~~~~~~~~~~~~~~~~~~~~~~~~~~~

# CHAPITRE X.

Un ennemi nuit plus que cent amis ne servent.
Qu'à jamais les Dieux m'en préservent
La haine veille et l'amitié s'endort.

LAMOTTE.

Deux personnages mystérieux avaient
suivi pendant toute la journée Fernand-Carlos avec des motifs bien
différens. L'un était Judas Varech,
qui roulait dans son esprit des projets affreux de larcin et de vengeance.
L'autre était Zerbine, qui ne pouvait se soustraire à de singuliers pressentimens, et que des motifs particuliers engageaient à veiller sur Gusman et sur Fernand-Carlos. Vêtue
d'une robe simple et couverte d'un
voile, Zerbine avait erré pendant

toute la fête au milieu de la foule qui
se livrait au plaisir, sans avoir été
remarquée de personne. C'était elle
qui avait donné à Gusman l'ordre relatif à Angéla : était-ce par prudence
ou par jalousie ? Le lecteur ne peut
pas encore pénétrer dans le mystère
qui enveloppe cette femme singulière.
Mélancolique au milieu du tourbillon
des, jeux et des éclats de la joie
bruyante, elle promenait ses rêveries
à travers les bosquets du jardin, lorsqu'un cri perçant, poussé non loin
d'elle, fut suivi d'un long gémissement
et du bruit sourd d'une chûte pe-
sante. Elle se précipite du côté d'où
venait ce bruit lugubre ; ses pas sont
arrêtés par un corps gissant inanimé
par terre ; à la lueur de la lune qui
sortit à l'instant du milieu des nuages,
elle reconnaît Fernand-Carlos frappé
d'un poignard que l'on avait laissé
enfoncé dans son sein. Elle veut crier,

la voix lui manque; elle tombe à genoux auprès du corps sanglant; pâle,
frémissant d'horreur, elle porte cependant la main sur le poignard pour
le retirer de la plaie et étancher le
sang avec le mouchoir qu'elle tenait à
la main.

Le cri avait été entendu. Plusieurs
personnes accouraient, précédées de
Gusman; des valets apportaient des
flambeaux. Quel spectacle! Zerbine,
la figure pâle et décomposée, la main
posée sur le poignard enfoncé dans le
sein de Fernand-Carlos.

— Qu'on l'arrête! qu'on saisisse
cette femme! s'écrie Gusman, elle
vient d'assassiner l'héritier de Vargas! Zerbine lève des yeux fiers sur
Gusman: sa figure s'anime, la voix
lui revient, et elle dit, avec l'accent
de l'indignation : — Moi! moi, accu-
sée d'un assassinat! et par Gusman!
j'ai cru qu'il me connaissait mieux......
Où est Manuel! que l'on me conduise

vers Manuel, il dira si je pouvais lever la main sur Fernand-Carlos.

Don Gusman surpris, épouvanté, aida lui-même à transporter le corps de Fernand-Carlos sur un lit, et fit appeler, sur-le-champ, un médecin et un chirurgien qu'on avait eu soin d'amener au château, de peur de quelqu'acccident pendant le tournoi. Cependant plusieurs personnes s'étaient emparées de Zerbine, lorsque Manuel accourut au bruit. Aussitôt que Zerbine l'aperçut : — Donnez l'ordre le plus précis, s'écria-t-elle, pour que le pont-levis soit haussé, que toutes les issues soient fermées, et que l'on fasse les recherches les plus exactes pour trouver l'assassin qui ne peut être sorti du château.

On fit part à Manuel de la position où l'on avait trouvé Zerbine, et des soupçons qui s'étaient élevés contre elle. — J'en réponds, dit Manuel. Laissez-là entre mes mains, ou, plutôt, allons tous ensemble savoir si Fernand-Carlos respire, et s'il y a quelqu'espoir de le sauver.

Ils entrèrent dans la salle où on l'avait déposé : les assistans gardaient un profond silence. Au moment où Zerbine mettait le pied sur le seuil de la porte, le chirurgien, qui venait de sonder la plaie, dit, en fronçant le sourcil : — La blessure est profonde et dangereuse. Je crains qu'elle n'ait attaqué les parties nobles; je ne réponds pas du malade. Zerbine pousse un cri douloureux, se précipite vers le lit, se jette sur le corps qu'elle tient embrassé , et s'écrie : — *Mon frère! on a tué mon frère!*

— Son frère! s'écrie alors Gusman surpris.—Oui, répond Manuel: vous saurez l'explication de ce mystère. L'accusez-vous encore? croyez-vous que Zerbine de Vargas ait assassiné son frère? L'étonnement et la douleur ôtaient la parole aux assistans. Le chirurgien pria tout le monde de se retirer dans les autres appartemens, et Manuel signifia que personne ne sortirait jusqu'à ce que les recherches les plus sévères eussent fait découvrir l'assassin. Tout le monde sortit, à l'exception de Gusman et de Zerbine; ce fut alors, seulement, qu'on aperçut Angéla à genoux au pied du lit, les cheveux épars, priant et pleurant comme la Madeleine du Corrége.

Le chirurgien supplia Zerbine de se calmer; il la conduisit vers un siége éloigné du lit, et fit signe à Gusman qu'il voulait examiner le blessé. Gusman alla donc se placer à l'extrémité de l'appartement; il se trouva vis-à-vis de Zerbine, qui lui dit, d'une voix étouffée de sanglots : — Gusman m'a soupçonnée ! il a versé du poison sur mon cœur! il a flétri, par une seule pensée, toute la pureté de mon avenir!

—Vous êtes sa sœur? demanda ti-

midement don Gusman. Nous sommes unis par les liens du sang? Je
serais assez heureux!..... Il se tut et
soupira. — Et quand il ne serait pas
mon frère , continua Zerbine avec
amertume; quel droit ai-je donné,
de me soupçonner d'un crime, à
l'homme que j'ai sauvé des flots prêts
à l'engloutir !

— Que je suis malheureux! dit
Gusman, en tombant aux pieds de
Zerbine. — Celle-ci est plus malheureuse que vous, dit-elle, en montrant
du doigt l'aimable Angéla qui fondait
en larmes : son âme céleste est reconnaissante.... mon frère l'avait sauvée
de la mort, et du déshonneur qui est
pire que le trépas ; la pauvre enfant
pleure, et sa douleur n'accuse pas l'innocent!

En ce moment, le chirurgien, qui
n'avait cessé de donner ses soins au
blessé, vint dire qu'il respirait, qu'il
pouvait reprendre connaissance d'un

moment à l'autre, que la moindre
émotion lui serait dangereuse, et qu'il
désirait que tout le monde se retirât ;
mais qu'on lui donnât seulement un
domestique pour l'aider. — Je vous
aiderai, lui dit Zerbine avec empressement : je ne veux pas le quitter.
Sans douter de votre talent, mes soins
pourront être aussi utiles que les vôtres, ils pourront, du moins, les se-
conder. Sachez que je connais beaucoup de secrets pour la guérison des
blessures les plus dangereuses, que
j'ai exercé la médecine en Égypte. Je
ne veux, je ne puis vous quitter. Le
chirurgien consentit à ce qu'elle res-
tât, et engagea don Gusman à emmener Angéla. La jeune fille s'appuya
sur le bras de Gusman, et sortit en
tournant plusieurs fois ses beaux
yeux mouillés de larmes, vers le lit
où reposait le blessé, et Zerbine ne
put s'empêcher d'éprouver quelqu'é-

motion en voyant Angéla poser sa
tête défaillante sur le sein de Gusman, qui l'emporta, plutôt qu'il ne
l'emmena, de la chambre de Fernand-
Carlos.

# CHAPITRE XI.

« Malheureux l'homme pervers qui ne
» craint pas de commettre un crime , dans
» l'espérance que ce crime restera caché !
» Quand même le silence de tous les autres
» hommes le favoriserait , la terre où son
» action criminelle paraîtrait ensevelie ,
» s'ébranlerait autour de lui pour la lui
» reprocher, «

ARIOSTE.

Manuel ayant fait armer tous les domestiques, on procéda à la recherche de l'assassin; mais celui-ci, aussi rusé que féroce, s'était bien gardé de se cacher ; et, voyant que Zerbine n'avait pu le distinguer, il se mêla à la foule des gens que Fabrice avait réunis pour le service de la fête, se promettant bien de saisir la première occasion pour s'échapper , aussitôt qu'il en verrait la possibilité.

On fit d'abord une battue dans le jardin, on visita ensuite le château; mais tout cela était si vaste qu'il semblait difficile d'y trouver un homme qui pouvait s'être fourré dans quelque taillis du parc, ou qui avait peut-être escaladé les murailles. Cependant, Manuel fit la réflexion que Fernand-Carlos avait gagné une somme considérable au jeu; et que, lorsqu'on l'avait trouvé frappé, il n'avait, sur lui, ni or, ni bijoux. Cette remarque lui fit présumer que l'assassin l'avait dépouillé; et que, si l'on pouvait trouver quelque part la somme énorme qui avait été volée, cela pourrait mettre sur la trace du malfaiteur. Manuel ne communiqua sa réflexion qu'à l'Alcade qui s'était trouvé invité à la fête, et qui présidait avec lui aux recherches.

L'Alcade fut d'avis que l'on visitât d'abord les chambres de tous les subalternes; l'espèce de dortoir où l'on avait placé des couchettes grossières pour les étrangers qui s'étaient loués pour le service de quelques jours, et qui, étant moins connus, pouvaient inspirer des soupçons.

Fabrice et Québrantador étaient à la tête de l'escouade armée, et suivaient, immédiatement, Manuel et l'Alcade. Celui-ci demanda si l'on savait exactement le nombre des étrangers qu'on avaient loués ; et Fabrice ayant répondu que oui, on les compta, et on se convainquit que le compte était exact, et qu'aucun d'eux ne s'était éloigné. Judas Varech se félicita intérieurement de ne s'être pas caché. On visita donc d'abord le dortoir, on monta dans les chambres hautes qui étaient toutes ouvertes ; et, lorsqu'on arriva devant celle de Fabrice, qui était fermée, l'Alcade demanda à qui elle était. — C'est la mienne, dit Fabrice, vous pouvez passer outre. — La vôtre, dit l'Alcade ; nous devons la visiter comme les autres. Fabrice pâlit. — Eh bien ! dit l'Alcade, ouvrez donc. Le malheureux Fabrice songea à la valise qu'on allait trouver chez lui, et il frissonna. Personne n'avait été témoin du don que lui avait fait Fernand-Carlos ; une somme aussi considérable, trouvée chez lui, devait naturellement le faire suspecter ; il tomba aux genoux de l'Alcade, et dit, d'une voix tremblante : — Seigneur Alcade, je vous jure que je suis innocent ! — Qu'est cela ? reprit l'Alcade. Personne ne vous accuse, et votre trouble dénote une conscience alarmée. — Monseigneur , vous allez me croire coupable, dit Fabrice, et pourtant je ne le suis pas. — C'est ce que nous allons voir , dit l'Alcade. Ouvrez toujours cette porte ; et vous, dit-il aux autres, ne le perdez pas de vue. Judas Varech lui mit la main sur le collet, et Fabrice,

tremblant, remit sa clef à Manuel,
en lui disant : — Seigneur Manuel,
vous me connaissez, vous savez que
je n'ai jamais forfait à l'honneur. Si
on m'accuse, promettez-moi d'être
mon avocat ; j'ai de quoi vous payer
généreusement ; prêtez - moi votre
assistance, je vous en conjure par
votre bon petit cheval gris.—Manuel,
étonné de cette supplique, commença
à concevoir des soupçons contre Fabrice. Ces soupçons se changèrent
en certitude, quand l'Alcade ayant vu
la valise sous le lit, et, l'ayant soule-
vée, la trouva d'un poids extraordinaire. Aidé de Manuel, il la tira au
milieu de la chambre, l'ouvrit, et vit,
à sa grande surprise, qu'elle était
pleine d'or. — Je le savais bien, s'é-
cria Fabrice, que cette valise me per-
drait ; et, pourtant, cet or est bien à
moi ; mais vous ne me croirez pas ! je
suis trop riche pour vous paraître
innocent ; et voilà, devant vos yeux,

ma condamnation. — En attendant
d'autres preuves, dit l'Alcade, qu'il
soit enfermé dans cette chambre , et
gardé avec soin ; nous allons mettre
cet or en sûreté, et nous procéderons
demain matin à son interrogatoire.
— Où voulez-vous, observa Manuel,
mettre cet or plus en sûreté que dans
cette chambre haute qui n'a nulle
communication avec les appartemens? le château est plein d'étrangers ; laissons ensemble le vol et le
voleur ; enfermons-les bien , et met-
tons, à la porte, une sentinelle armée
qui nous répondra de son dépôt sur
sa tête. Judas Varech offrit de garder la porte. La vue de l'or l'avait
tenté , et il espérait trouver moyen
de s'approprier la somme ou de la
partager avec Fabrice, en lui offrant
les moyens de s'évader ; mais, quoiqu'il n'eût plus son costume de ma-
rin, et qu'il fût vêtu comme les autres paysans, Manuel fut frappé de

ses traits, il le regarda fixement, crut
voir une tache de sang sur son habit;
mais il dissimula par prudence, songeant qu'un homme comme Varech,
étant armé, était dangereux même
avec les secours que l'on pouvait
avoir contre lui. Après avoir laissé
Varech en sentinelle auprès de la
porte, il plaça des hommes armés
au bas de l'escalier, au seul endroit
par lequel on pouvait sortir de la
tour au haut de laquelle était la
chambre de Fabrice; et, se retirant
à l'écart, il fit part de ses soupçons à
l'Alcade.

Varech ne se crut pas plutôt seul,
qu'il entama la conversation avec son
prisonnier, à travers la porte. Camarade, lui dit-il, vous avez fait une
bonne capture; mais au lieu de vous
en servir pour acheter un avocat qui
se fera payer cher et qui ne vous sau-
vera pas, il vaut mieux acheter votre
liberté en partageant avec moi le tré-

sor. — Ma conscience ne me reproche rien, répondit Fabrice, et je ne suis pas un voleur. — Qu'êtes-vous donc? mon camarade, lui dit Varech, et quel secret avez-vous pour vous procurer des valises d'or sans les voler ? — Ne m'interrogez pas, lui répartit Fabrice, je ne veux avoir rien de commun avec un homme comme vous. — Je le crois, par la Sainte-Barbe! dit alors Varech, vous voudriez bien ne pas partager; mais je vous y forcerai bien. — O ciel! dit Fabrice, à qui donc m'a-t-on livré ? — A un homme que rien n'effraye, dit Varech. Je suis armé, si tu jettes un cri, je fais feu à travers ce petit guichet, qui est assez large pour laisser passer une balle. Fabrice réfléchit au danger, et vit qu'il valait mieux gagner du temps et jouer au fin avec un homme aussi déterminé. Vous ferez du bruit, lui répondit-il, et vous vous trahirez. Agissez plus prudemment. Si vous me promettez de me sauver, nous partagerons. — A la bonne heure, dit Varech. — La serrure est de mon côté, dit Fabrice, je vais essayer de la démonter, quoiqu'elle soit énorme, que les vis aient peu de prise, et que je sois sans instrumens. — Je vais vous en passer par dessous la porte, répondit Varech, dépêchez-vous, de peur qu'on ne vienne me relever de faction.

L'intention de Varech n'était nullement de partager l'or de la valise; mais bien de s'en emparer, en assommant Fabrice aussitôt qu'il serait entré dans la chambre.

Fabrice, de son côté, ne voulait pas fuir, et comptait sur son innocence; il répugnait aussi beaucoup à donner la moitié de sa fortune à un scélérat sur lequel il venait de concevoir les plus affreux soupçons, d'après les propositions qu'il lui avait faites. Il recommanda donc son âme à Dieu, et,

8 *

après avoir fait quelque bruit à la porte, comme s'il travaillait à ouvrir la serrure, il écrivit un billet dans lequel il expliquait sa situation, l'adressa à Manuel, et, après l'avoir attaché à un morceau de fer pour lui donner du poids, il se mit à la fenêtre, espérant que quelqu'un passerait et qu'on viendrait le délivrer. — Camarade, je n'entends pas de bruit, dit Varech qui se méfiait de tout. — J'en fais le moins que je puis, répondit Fabrice. — Ne vous gênez pas, reprit l'autre, il n'y a que moi qui puisse vous entendre. Au surplus, vous vous y prenez peut-être mal, je vais vous aider. Alors, il se mit, à l'aide d'une pince de fer, à désceller les gonds de la porte. Fabrice frémit : il touchait à la serrure, feignant de chercher à la briser, puis il écoutait à la fenêtre. — Vous n'avancez pas, lui disait Varech, je crois que j'aurai fini avant vous. Fabrice aperçut Québrantador qui passait. Il lança son papier ; mais la fenêtre était à une grande hauteur : Québrantador s'était éloigné lorsque le papier tomba, et Fabrice désolé se crut perdu. — J'ai pris le bon moyen, lui dit Varech, voilà déjà un gond presque dépouillé du ciment qui le retient : et vous, avancez-vous ? — Pas autant que je voudrais, dit en soupirant le malheureux Fabrice. Mais il faut que nous le quittions un instant pour retourner auprès de Fernand-Carlos.

# CHAPITRE XII.

L'oiseau des champs trouve un asile
Dans le nid qui fut son berceau ,
Le chevreuil sous un arbrisseau ,
Dans un sillon le lièvre agile ,
Effrayé par un léger bruit.
Le ver , qui serpente et s'enfuit ,
Sous l'herbe où la feuille qui tombe
Echappe au pied qui le poursuit....
Notre asile à nous c'est la tombe.

*Casimir* LAVIGNE.

Fernand-Carlos avait repris ses sens ; sa plaie était bandée, mais il était très-affaibli par le sang qu'il avait perdu. Fernand jetant les yeux autour de lui , chercha à réunir ses idées. Où suis-je, dit-il? Au premier son de sa voix , Zerbine s'approcha de son lit, ses traits, émus par la douleur, touchèrent vivement Fernand et Carlos? — Vous, ici, continua Fernand d'un voix faible : vous qui m'avez sauvé de la mort, vous ne m'en sauverez pas cette fois. — Calmez votre inquiétude, répondit Zerbine : on ne désespère pas de votre vie. J'ai exprimé sur votre plaie un baume précieux que j'ai rapporté de l'Arabie, et si, comme il y a quelque apparence, le coup n'a pas pénétré trop avant, nous vous rendrons à l'existence.

Ange tutélaire, dit à son tour Carlos, qui êtes-vous, et qui vous porte à nous donner ces soins généreux? — Vous le saurez, lui répondit Zerbine, quand vous aurez assez de force pour supporter quelques émotions; jusque là le plus grand calme vous est nécessaire; mais puisque vous pouvez parler, profitez-en pour nous apprendre si vous avez vu votre assassin, et si vous pourriez nous le désigner? — Non, répondirent les deux frères. — O mon cher Carlos, continua Fernand, c'est moi qui suis la cause de ta

perte. C'est en entrant dans ce bosquet, où m'entraînait une passion im-
prudente, que j'ai reçu le coup qui te
tue. Si je pouvais mourir seul, si l'art
des médecins pouvait, après moi,
prolonger tes jours, je mourrais con-
tent; mais je te plonge avec moi dans
le tombeau ! — Quand la nature ne
l'exigerait pas, répondit Carlos, je ne
pourrais te survivre. Le lien de nos
âmes est plus indissoluble que celui
de nos corps. — Cependant, dit Fernand, avec une espèce d'exaltation,
comme s'il luttait contre une pensée
terrible : faut-il mourir si jeune !
Quitter la vie au moment même où j'y
entrais ! A peine avais-je aperçu les
jouissances qui peuvent l'embellir,
que la mort jette sur cette perspective
riante un crêpe funèbre. La tombe
s'ouvre comme un gouffre entre les
plaisirs et l'homme ! Non ! s'écria-t-il
avec une sorte de frénésie, je ne veux
pas mourir ! — Il le faut, mon frère,

dit doucement Carlos , la nécessité a posé sa main de plomb sur nos têtes.

Un délire affreux s'empara de Fernand; il s'emporta en imprécations contre le sort qui tranchait son existence, maudit et dévoua aux enfers son assassin , demanda des secours contre la mort. — Carlos lui dit d'une voix touchante : Mon frère, tu ne peux changer notre destinée. Soumets-toi, songes qu'après cette courte vie, il en est une plus longue; voudrais-tu que nos âmes tellement unies sur la terre , fussent séparées dans une éternité !

Fernand sembla se calmer un moment; Zerbine qui vit aussi clairement que le chirurgien qu'il n'y avait guère d'espoir, profita de cet instant de calme pour dire aux deux frères qu'elle avait à leur révéler un secret important; mais qu'il fallait que ce fut devant des témoins nécessaires.

Elle sortit donc pour aller chercher Manuel et Gusman, et pria le chirurgien d'administrer au blessé un cordial qui pût le soutenir quelque temps. Le chirurgien lui dit tout bas qu'il croyait que le malade pouvait encore vivre deux ou trois heures. Zerbine fondant en larmes, sortit, et au même instant arriva le père Ambrosio. Ce digne vieillard avait été averti de l'accident, et il venait apporter les secours de la religion à ceux qu'il avait vus faire leurs premiers pas dans la vie, pour les aider à en sortir. C'est une belle et noble mission que celle de l'homme qui consacre ses jours à la pratique des vertus, et qui, après nous en avoir donné pendant la vie le précepte et l'exemple, vient, à l'heure de la mort, nous apporter la force et la consolation. Les discours tendres et pathétiques du digne religieux, firent rentrer la paix dans l'âme agitée de Fernand. Cependant le malheureux s'accusait d'être l'auteur de la mort de son frère.

Cette dernière journée, disait-il, a été une vie tout entière. J'ai sacrifié en un jour à toutes les passions ; et, comme l'éphémère qui naît, jouit et meurt dans l'espace d'un soleil, j'ai payé de ma vie ma funeste expérience. — Eh bien ! reprit le pasteur vénérable, que cette pensée même vous console. Regrettez moins la vie en la jugeant sur cet essai que vous en avez fait. Voyez combien ses joies sont fugitives, ses jouissances factices et ses fruits amers. Eussiez-vous renouvelé pendant cent ans ces expériences d'un jour, une dernière journée fut cependant arrivée, et le temps écoulé d'un siècle n'est pas plus en ce moment suprême que le temps écoulé d'une minute. Ainsi le bon vieillard versait un baume consolateur dans le sein du mourant, et des paroles de paix et de religion appaisaient la lutte des regrets contre la nécessité. Enfin, la soumission aux ordres suprêmes fut le prix de ses pieuses exhortations : les deux frères emportaient l'idée de passer ensemble d'un monde à un autre. Il semblait en ce moment que leurs deux âmes n'en faisaient plus qu'une, ou plutôt qu'elles se prêtaient un mutuel appui, pour ce passage si pénible. Tels deux pélerins supportent avec plus de courage la traversée du désert, les peines et les fatigues d'une route escarpée, quand ils ont l'espoir d'arriver ensemble au temple sacré, but de leurs vœux et terme de leur voyage.

Le bon père Ambrosio, voyant les deux frères bien disposés, leur fit remplir les derniers devoirs par lesquels la terre se rattache au ciel, et leur donna sa bénédiction.

En ce moment, Zerbine rentrait avec Gusman, Manuel, et Fabrice qui es suivait. Le pauvre Fabrice que

nous avions laissé dans une position
si critique, voyait, l'un après l'autre,
les gonds se détacher, et la porte com-
mencer à s'ébranler. Il se croyait mort:
Varech, courbé jusqu'à terre, em-
ployait toute la force de son corps à
soulever la lourde porte ferrée, lorsque Manuel arriva doucement derrière
lui, suivi de huit ou dix hommes ro-
bustes et bien armés. Profitant de la
position de Varech, on se jeta sur lui,
et de fortes cordes l'entourèrent et le
garottèrent de façon à l'empêcher de
faire le moindre mouvement. Il s'exhala
en imprécations et en vains efforts, il
fut emporté et jeté dans un cachot
dont une grille de fer, à l'épreuve de
toute tentative, fermait l'entrée.

Fabrice étonné, courut au devant
de Manuel, en protestant de nouveau
de son innocence. Manuel le rassura,
et lui apprit qu'en traversant le jardin il avait trouvé son papier, et que,
sans perdre de temps, il était venu le

délivrer de l'infâme Varech sur lequel tous ses soupçons s'étaient portés
aussitôt qu'il l'avait reconnu. Mais
Fabrice voulut absolument que l'on
apprît de Fernand-Carlos lui-même,
la vérité, sur le don considérable qu'il
en avait reçu. En entrant dans la
chambre du blessé il courut se jeter à
genoux près de son lit: permettez,
lui dit-il, que je baise cette main généreuse, et rendez témoignage de ma
probité. On m'accuse de vous avoir
volé l'or que j'ai reçu de vous. — Il
est à lui, dit Fernand d'une voix faible, et je suis heureux d'avoir sancti-
fié par une action généreuse l'impu-
reté de sa source. Fabrice justifié, se
retira, attendri de l'état où il voyait
son bienfaiteur. Alors Zerbine s'approcha du lit : rassemblez toutes vos
forces, dit-elle, en cherchant à raf-
fermir sa voix altérée par l'émotion,
faut-il que ce soit au moment de votre
mort, que je vous apprenne que vous

avez à pleurer celle votre père; et moi faut-il que je vous perde au moment où je croyais me consoler dans vos bras d'une perte qui m'est commune avec vous! Se peut-il, dirent les deux frères en se ranimant ! vous seriez?..... — Voyez, sous le nom de Zerbine, Constance de Vargas, votre sœur.—Quel étonnant mystère, s'écrièrent les deux frères et Gusman que cet évènement intéressait plus qu'eux. — C'est donc vous, dit le père Ambrosio surpris, dont me parle cette lettre que je reçus il y a plusieurs années, et qui renferme les dernières volontés de don Antonio de Vargas, mon pénitent? — Oui, mon père, et je prouverai que je suis bien la même personne, par les papiers que je possède, et par les signes que mon père a joints au testament qu'il vous a envoyé. Manuel prit alors la parole, et certifia que Zerbine, ou plutôt Constance de Vargas lui avait été remise, sous ce titre, par le capitaine Selder.

son ancien ami, avec toutes les instruc-
tions et toutes les preuves qui cons-
tataient l'identité de la personne.

Il vous reste à savoir, dit Zerbine,
comment j'ai dû la naissance à don
Antonio de Vargas; mais dois-je faire
ce récit? Mon malheureux frère n'a-t-
il pas à s'occuper d'autre chose que des
intérêts de la terre? — Il s'est récon-
cilié avec Dieu, dit le père Ambrosio,
et ce qui intéresse l'auteur de ses jours
peut lui être doux à ses derniers momens.—Oui, dit Fernand, il me semble que j'ai repris des forces. — O ma
sœur, que ce nom est doux à mon
oreille! Approchez-vous, ma sœur,
et qu'un baiser d'adieux m'offre encore une douceur terrestre avant de
vous quitter pour jamais.

Zerbine embrassa affectueusement
ses deux frères dont les lèvres, à demi
glacées, reprirent quelque chaleur en
s'approchant des siennes.

Fernand la pressa de parler, tant il

désirait savoir les détails de ce singulier évènement: tout le monde s'assit
en silence auprès du lit de Fernand-
Carlos, dont les douleurs semblaient
calmées, et qui n'éprouvait plus qu'une
grande faiblesse. Zerbine parla ainsi:

»Après votre naissance, ô mes malheureux frères, notre père, frappé
de plusieurs réflexions qui alarmè-
rent sa conscience, se résolut à se ré-
concilier avec l'église par un aveu sincère de ses fautes. Il se confia au père
Ambrosio qui n'osa prendre sur lui de
juger un cas aussi étrange et aussi important, et qui l'engagea à se confier
au grand pénitencier, qui est juge
de ce qu'on appelle les cas réservés.
Le grand pénitencier, après avoir entendu don Antonio, et s'être assuré de
son repentir sincère, lui promit l'ab-
solution : mais lui annonça qu'il était
obligé d'en écrire à Rome, et que c'était
du pape seul qu'il pouvait l'obtenir. Cependant, il lui imposa de faire à pied

le pélerinage de Jérusalem en mendiant sur la route, et ne se servant de
l'argent qu'il emporterait avec lui, que
pour faire des aumônes ; dont la plus
forte devait être en faveur des religieux de la Terre-Sainte. Il lui donna
aussi la permission de se servir de
son argent dans le cas où il lui serait
nécessaire pour sauver sa vie. En attendant son départ et la réponse de
Rome, il exigea de lui qu'il disparût
du monde, et qu'il s'enfermât dans
un monastère. Le père Ambrosio
connaît mieux que moi les détails de
cette époque de la vie de mon père,
puisque ce fut auprès de lui que don
Antonio commença sa pénitence.

» La réponse de Rome arriva. Elle
confirma les obligations que le grand
pénitencier avait imposées à mon père,
et, de plus, cassait son mariage comme
impie, illusoire et nul aux yeux de la
religion. Votre malheureuse mère eût
été trop sensible à ce coup s'il avait

pu la frapper : mais la perte de sa raison l'avait mise à l'abri de toute autre infortune. »

Fernand et Carlos soupirèrent. -- Continuez, je vous en conjure, dit Fernand! De qui donc êtes-vous fille?

Zerbine reprit la parole. «Don Antonio accomplit son vœu; je ne vous ferai pas le récit de tous les détails de son voyage. Il visita les lieux saints, s'acquitta de tous les devoirs qui lui avaient été prescrits, et voulut, à son retour, changer de route et revenir en Europe par l'Égypte et la Barbarie : il se joignit à une caravane qui allait au Caire.

» En traversant le désert, cette caravane fut attaquée et pillée par des Arabes à quelques lieues du Caire. Plusieurs des voyageurs furent tués, les autres mis en fuite. Don Antonio fut laissé pour mort sur la place, dépouillé de ses vêtemens et de tout ce qu'il possédait. Il passa quelque temps

privé de connaissance et sans aucun
secours. L'ardeur du soleil le réveilla
en lui faisant sentir plus vivement ses
blessures. Il se traîna avec peine vers
une fontaine ombragée de palmiers
qu'il aperçut à quelque distance ; il
se rafraîchit, lava ses plaies, qui n'é-
taient pas dangereuses, et se couvrit
le corps de plusieurs larges feuilles de
palmier qui lui servirent de vête-
ment. Il ne savait ce qu'il allait devenir, ni de quel côté il porterait ses
pas, lorsque la Providence lui envoya
un secours inespéré. Une jeune égyptienne, qui se rendait au Caire, dont
mon père ne savait pas être si près,
vint se reposer et se rafraîchir à la
fontaine près de laquelle don Antonio
se tenait caché. Quel hasard amenait
cette jeune femme dans ce lieu écarté?
—Elle allait consulter un Santon qui
était en grande vénération dans les
environs. et qui, par ses pratiques
superstitieuses et ses grimaces hypo-

crites , attirait un grand concours de dévots , et, par conséquent, recevait beaucoup d'aumônes. Cette jeune femme était veuve, riche et charitable. Elle aperçut don Antonio , le fit conduire chez elle par les gens qui la suivaient , le fit soigner , et, en peu de temps, don Antonio fut rétabli. Je passerai sous silence beaucoup de détails qui seraient superflus dans ce moment, et que je pourrai vous apprendre plus tard. Ce qu'il est utile que vous sachiez, c'est que don Antonio reconnaissant , instruisit cette femme, la convertit à la religion chrétienne, et qu'elle lui offrit sa main et sa fortune. Don Antonio avait pris l'Europe en aversion ; il regarda comme un bienfait du Ciel cet établissement ; il était libre, puisque son premier mariage avait été cassé. Il épousa Zoraïde , et en eut une fille qui fut nommée Constance Zerbine.

Cette fille, en naissant, coûta la vie à
sa mère. Mon père, inconsolable,
crut que c'était une nouvelle punition
du Ciel. Il résolut de faire un second
pélerinage, et me laissa entre les
mains des femmes de ma mère, qui,
aussitôt après le départ de mon père,
me vendirent à des Égyptiennes, de
celles qui voyagent par-tout le monde,
abusant de la crédulité publique, et
vivant d'industrie et de prédictions.

»Vous dire comment je fus retrouvée
par mon père, comment il me ra-
mena en Europe, ce serait un récit
trop long dans ces tristes circonstances ; sachez seulement que ce malheureux père, embarqué avec moi dans
le vaisseau du capitaine Selder, périt
dans la traversée ; et que... »

Zerbine, jetant les yeux sur le
lit, vit sur les deux figures une pâleur
effrayante ; elle s'interrompit, jeta un
cri douloureux, et, après avoir saisi

les mains de Fernand et de Carlos ,
elle s'écria : Je n'ai plus de frères! et
elle tomba évanouie dans les bras de
don Gusman.

Le même instant avait vu s'exhaler
le dernier soupir de l'homme à deux
têtes.

## CONCLUSION.

Les heures dans leur vol l'effleureront
d'une aile légère, elle prêtera sa voix aux
destinées, et quoiqu'inanimée, ses sons
exprimeront les jouissances et les tourmens
de la vie.
Schiller, *la Cloche*, *poème*.

Les cloches de l'église de San-Lucar annoncèrent l'enterrement de
Fernand-Carlos; et, un an après, elles
sonnèrent pour les noces de don
Gusman et de Zerbine de Vargas.
Ce mariage réunit les intérêts divisés
des deux branches de la famille, et
termina les procès qui auraient pu
avoir lieu pour ses grands biens. Don
Gusman trouva dans Zerbine une
femme charmante, à laquelle ses talens, ses grâces naturelles et l'éducation singulière de ses premières années donnaient des charmes piquans

par leur originalité. Deux enfans cou-
ronnèrent leur amour : c'étaient un
garçon et une fille : ils furent reçus
par Juan Perès, qui était resté le médecin de la famille.

Fabrice était devenu le factotum du
château ; malgré son aisance, il n'avait
pu se décider à quitter son maître, et
il avait épousé Biondetta Lorenço,
dont il cultivait la mémoire, et à laquelle il avait beaucoup de peine à
faire réciter ses vers ; car celui qui a
mis une fois le pied dans le sentier de
la poésie, le suit jusqu'à son dernier
jour.

Judas Varech, son ennemi, avait
été trouvé étranglé dans sa prison, où
il s'était pendu lui-même, se punis-
sant ainsi de tous ses crimes par un
crime plus grand encore.

Québrantador était concierge du
château ; il avait succédé au bonhomme
Enrique, qui avait payé, ainsi que sa
femme, le tribut à la nature.

Manuel était allé finir ses jours en Flandre, s'occupant toujours de politique, et faisant des vœux à sa dernière heure pour l'affranchissement de son pays, qu'il ne vit pas arriver, mais qui ne tarda pas à couronner les efforts et la constance des Flamands.

Angéla, dont les premiers pas dans la vie avaient été semés d'épines et de tribulations, chercha un refuge dans la religion sainte, asile des âmes que le monde persécute, et elle prit l'habit dans la maison des Sœurs hospitalières de Sainte-Camille, dévouant sa vie à soulager les maux des autres, pour oublier les siens. Elle venait souvent au château de Vargas, dont son monastère était voisin, aux heures où son devoir ne la retenait pas. Son hospice était consacré à tous les malheureux; mais on y recevait plus particulièrement les aliénés, qui ét ient soignés dans un bâtiment à part. C'est là qu'Angéla vit une femme belle encore, malgré les traces de l'âge et des chagrins : cette femme ressemblait à Carlos; c'était sa mère, l'infortunée Maria de Melsem. Angéla trouva une triste consolation à lui consacrer entièrement ses soins, à tâcher d'adoucir sa funeste position. La maladie de dona Maria n'était pas précisément de la folie : c'était une mélancolie profonde; dont les attentions douces et continuelles d'Angéla semblèrent diminuer l'amertume. Dona Maria s'attacha vivement à son angélique bienfaitrice. Elle ne voulait plus être soignée que de sa main; elle l'appelait ma fille : ce nom résonnait doucement à l'oreille d'Angéla, et péniblement à son cœur.

Un jour que Carlos et Constance (c'étaient les enfans de don Gusman), un jour, donc, qu'ils jouaient sur une terrasse du château qui donnait sur la campagne, ils entendirent une voix plaintive: c'était celle d'un vieux

9 *

mendiant aveugle que conduisait un
chien. « Ayez pitié, disait-il d'une
» voix dolente, d'un vieillard privé
» de la clarté des cieux, et prêt à pé-
» rir de fatigue et de besoin. » Les
enfans coururent au-devant de l'aveugle, et le conduisirent à la cuisine du
château, où étaient réunis quelques
domestiques. Carlos ordonna qu'on le
laissât reposer auprès du feu ; qu'on le
fît bien manger; et que, lorsqu'il aurait pris du repos, on remplît son
bissac de provisions.

Le bon chien de l'aveugle léchait
les mains de Constance, et semblait
la remercier pour son maître; celui-
ci était couvert de vêtemens en lam-
beaux, il avait les yeux arrachés, ce
qui donnait une physionomie repoussante à sa figure sillonnée par les ri-
des de la vieillesse, moins que par les
traces profondes de la misère et du
chagrin. Les enfans le considéraient
avec une pitié mêlée de répugnance.

« Si vous daignez, disait l'aveu-
» gle, me donner asile pour quel-
» ques jours, je vous raconterai mes
» longs voyages, mes malheurs, mon
» esclavage chez les Barbaresques ,
» qui m'ont arraché les yeux parce
» que je n'ai pas voulu renoncer à la
» religion de mon Sauveur. Hélas!
» j'avais trop de crimes à expier,
» pour commettre le dernier de tous.
» Peut-être mon repentir et ma cons-
» tance effaceront mes péchés tout
» grands qu'ils sont. »

Dans ce moment , Angéla entrait
au château; et, ayant appris qu'un
vieillard, mendiant et aveugle, avait
besoin de secours, sa douce charité
l'amena près de lui. « Hélas! disait le
» mendiant, je suis dénué de toutes
» ressources, et je n'ai d'ami et de
» guide, sur la terre, que le pauvre
» chien qui dirige mes pas. »

Angéla lui proposa de le faire rece-

voir dans son hospice, et de lui assurer ainsi une retraite pour finir ses
jours.

—Quelle voix a frappé mon oreille!
dit le mendiant.

— Celle d'une pauvre sœur de
Sainte - Camille, qui ne vous demande en échange que vos prières.
— Où suis-je? dit le mendiant avec
une espèce de délire. Dans quelle partie de l'Espagne ai-je porté mes pas
errans?

— Vous êtes, lui dit Angéla, près
du village de San-Lucar, et dans le
château de Vargas.

Deux ruisseaux de larmes sortirent
des yeux creux de l'aveugle. Il se remit un peu, et ajouta : — Et vous,
bonne et charitable sœur de Sainte-
Camille, daignez dire votre nom à
celui que vous sauvez de la misère et,
peut-être, de la mort.

— On me nomme, dit-elle, sœur Angéla.

Le mendiant se jeta à ses pieds, saisit les mains pures de la vierge du Seigneur, les couvrit de larmes et de baisers, et lui dit, d'une voix étouffée par les sanglots : — Je suis SALVADOR !

## FIN.

# TABLE DES CHAPITRES

## DU QUATRIÈME VOLUME.

( 216 )

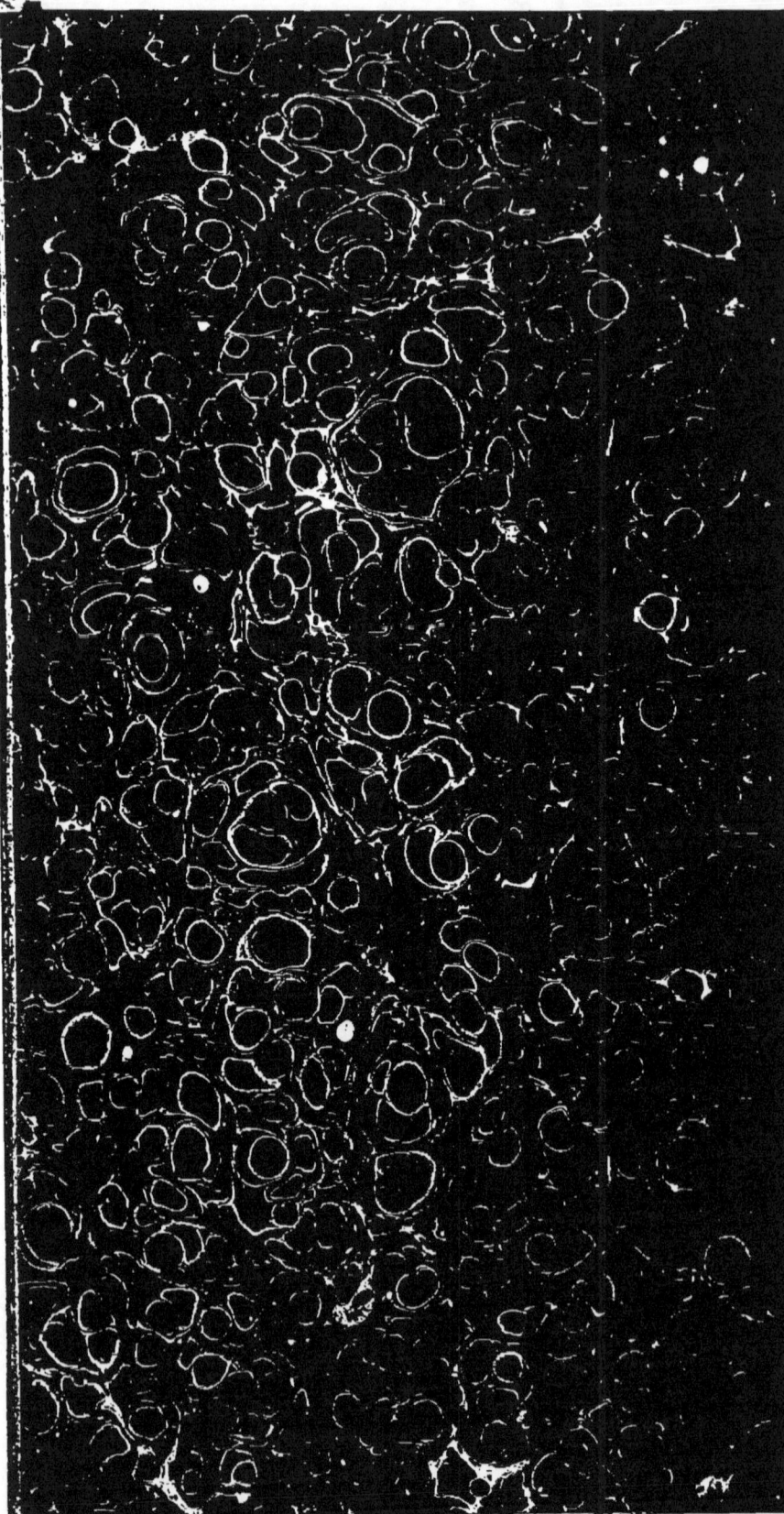

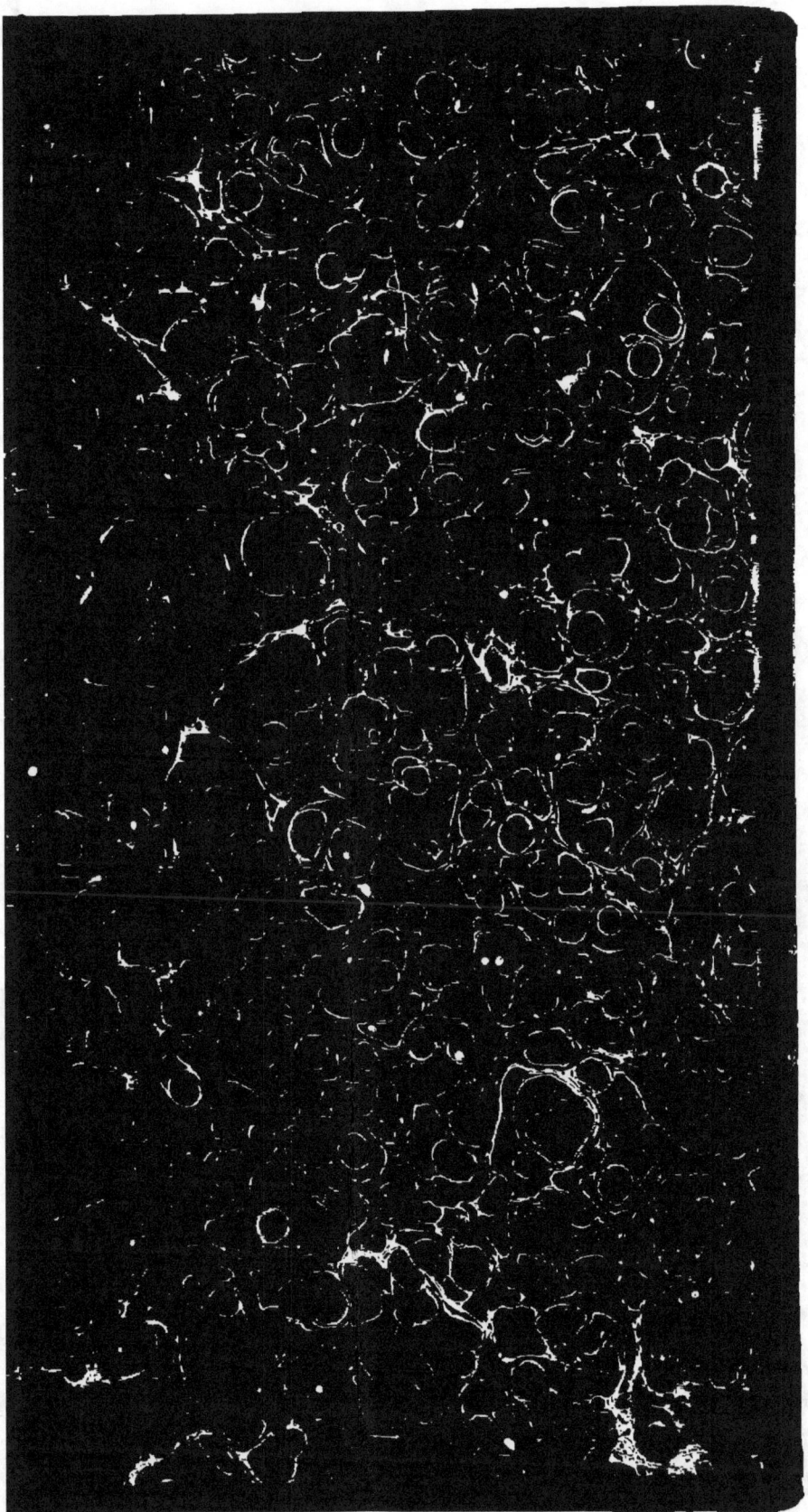